中國小說發展史

明的向

元奇的

宋傳走

從《剪燈新話》到《歡喜冤家》，從愛情婚姻的悲劇結局到市井男女的恩怨情仇

作者

石昌渝

目錄

目錄

自序

　　自魯迅《中國小說史略》問世以來，近百年間，這類作品可以說林林總總，其中小說斷代史、類型史居多，小說全史也有，然全史鮮有個人編撰者。集體編撰，集眾人之力，能在短時間裡成書，且能發揮撰稿者各自所長，其優勢是明顯的，但它也有一個與生俱來的弱點：脈絡難以貫通。即便有主編者訂定體例，確定框架，編次章節，各章撰稿人卻都是秉持著自己的觀點和書寫風格，各自立足本章而不大能夠照應前後，全書拼接痕跡在所難免。因此，多年以前我就萌發了一個心願：以一己之力撰寫一部小說全史。

　　古代小說研究，在古代文學研究領域中，比詩文研究要年輕得太多，作為一門學科，從「五四」新文學運動算起，也只有百年的歷史，學術在不斷開拓，未知的空間還很大。就小說文獻而言，今天發現和開發挖掘的就遠非魯迅那個時代可以相比的了。對於小說發展的許多問題和對於小說具體作品的思想藝術，一代人有一代人的看法。史貴實、貴盡，而史實正在不斷產生，每過一秒就多了一秒的歷史，「修史」的工作也會一代接續一代地繼續下去。

　　小說史重寫，並不意味著將舊的推翻重來，而應當是在舊的基礎上修訂、補充，在想法上能夠與時俱進。我認為小說史

自序

不應該是小說作家、作品論的編年，它當然應該論作家、論作品，但它更應該描敘小說歷史發展的進程，揭示小說演變的前因後果，呈現接近歷史真相的立體和動態的圖景。小說是文學的一部分，文學是文化的一部分，文化是社會生活的一部分，小說創作和小說形態的生存及演變，與政治、經濟、思想、宗教等有著千絲萬縷的關係，揭示這種複雜關係洵非易事，但它卻是小說史著作必須承擔的學術使命。小說史既為史，那它的描敘必須求實。經過時間過濾篩選，今天我們尊為經典的作品固然應該放在史敘的顯要地位，然而對那些在今天看來已經黯然失色，可是當年在民間盛傳一時，甚至傳至域外，對漢文化圈產生了較大影響的作品，也不能忽視。史著對歷史的描述大多不可能與當時發生的事實吻合，但我們卻應當努力使自己的描述接近歷史的真相。

以一己之力撰寫小說全史，也許有點自不量力，壓力之大自不必說。從動筆到今天完稿，經歷了二十多個年頭，撰寫工作時斷時續，但從不敢有絲毫懈怠。我堅信獨自撰述，雖然受到個人條件的諸多局限，但至少可以做到個人的小說觀念能夠貫通全書，各章節能夠前後照應，敘事風格能夠統一，全書也許會有疏漏和錯誤，但總歸是一部血脈貫通的作品。現在書稿已成，對此自己也不能完全滿意，但限於自己的學識，再加上年邁力衰，也就只能如此交卷了。

導論

一、小說界說

　　為小說撰史，首先要弄清楚「小說」指的是什麼。「小說」概念，歷來糾纏不清。糾纏不清的原因，是我們總在文字上打轉。「小」和「說」的連用，最早見於《莊子‧外物》：「飾小說以干縣令，其於大達亦遠矣。」意思是說裝飾淺識小語以謀取高名，那與明達大智的距離就遙遠了。這裡「小說」還不是文體概念。首先指「小說」為一種文類的是東漢的桓譚和班固。桓譚說：「若其小說家，合叢殘小語，近取譬論，以作短書，治身理家，有可觀之辭。」[01]

　　班固說：「小說家者流，蓋出於稗官。街談巷語，道聽塗說者之所造也。孔子曰：『雖小道，必有可觀者焉，致遠恐泥。』是以君子弗為也，然亦弗滅也。閭里小知者之所及，亦使綴而不忘，如或一言可采，此亦芻蕘狂夫之議也。」[02]

　　兩人說法相近，皆指一種「叢殘小語」，記錄的是街談巷語，「芻蕘狂夫之議」，其中或者含有一些治身理家的小道理。班固說這些「叢殘小語」是由專門收集庶人之言的「稗官」所編

01　《昭明文選》卷三十一江淹雜體詩〈李都尉陵從軍〉注。
02　《漢書‧藝文志》。

撰，意在向天子反映民情。這種文類與後世文學類中散文敘事的小說絕不是一回事，但「小說」作為一種文體概念卻成立了，而且影響深遠。後來歷代史傳典志著錄藝文類都有「小說家」，正如清代《四庫全書總目》所說，「其來已久」，並將「小說」分為三派，「敘述雜事」，「記錄異聞」，「綴輯瑣語」。如《西京雜記》、《世說新語》、《唐國史補》、《開元天寶遺事》、《癸辛雜識》、《輟耕錄》等歸在「雜事」類，《山海經》、《穆天子傳》、《漢武故事》、《搜神記》、《夷堅志》等歸在「異聞」類，《博物志》、《述異記》、《酉陽雜俎》等歸在「瑣語」類。《四庫全書總目》認為「小說」應承擔「寓勸戒、廣見聞、資考證」的功能，所謂「猥鄙荒誕，徒亂耳目者」，不合古制，有失雅馴，一概排斥。《四庫全書總目》的「小說」概念，代表了傳統目錄學的觀點，與文學類的「小說」含義相差甚遠。

按照《四庫全書總目》的小說概念，不但白話短篇小說如「三言二拍」之類算不上小說，就連文言的唐代傳奇、《聊齋志異》之類也算不上小說，於是有人認為今天稱之為文學敘事散文的「小說」概念來自於西方。這種看法是知其一，不知其二。殊不知古代，至遲在明代已存在文學敘事散文「小說」的概念，它與傳統目錄學的小說概念並存。明代產生了《三國志演義》、《水滸傳》、《西遊記》、《金瓶梅》四大奇書，產生了「三言」、「二拍」，這些作品，當時人已經稱它們為小說了。清康熙年間，劉

廷璣 [03]《在園雜誌》就說：

> 蓋小說之名雖同，而古今之別則相去天淵。自漢、魏、晉、唐、宋、元、明以來不下數百家，皆文辭典雅，有紀其各代之帝略官制，朝政宮幃，上而天文，下而輿土，人物歲時，禽魚花卉，邊塞外國，釋道神鬼，仙妖怪異，或合或分，或詳或略，或列傳，或行紀，或舉大綱，或陳瑣細，或短章數語，或連篇成帙，用佐正史之未備，統曰歷朝小說。讀之可以索幽隱，考正誤，助詞藻之麗華，資談鋒之銳利，更可以暢行文之奇正，而得敘事之法焉。降而至於「四大奇書」，則專事稗官，取一人一事為主宰，旁及支引，累百卷或數十卷者……近日之小說若《平山冷燕》、《情夢柝》、《風流配》、《春柳鶯》、《玉嬌梨》等類，佳人才子，慕色慕才，已出之非正，猶不至於大傷風俗。若《玉樓春》、《宮花報》，稍近淫佚，與《平妖傳》之野、《封神傳》之幻、《破夢史》之僻，皆堪捧腹，至《燈月圓》、《肉蒲團》、《野史》、《浪史》、《快史》、《媚史》、《河間傳》、《癡婆子傳》，則流毒無盡。更甚而下者，《宜春香質》、《弁而釵》、《龍陽逸史》，悉當斧碎棗梨，遍取已印行世者，盡付祖龍一炬，庶快人心。

　　文中所說「歷朝小說」就是傳統目錄學的「小說」，它與文學範疇的小說「相去天淵」，足證今天我們要為之撰史的「小說」的概念，是與「四大奇書」等作品伴生的，絕非舶自西洋。

　　理論源於實踐，有了「四大奇書」宏偉絢麗的巨著，自然就

03　「劉廷璣：《在園雜誌》卷二，中華書局 2005 年版，第 82—85 頁。

會有相應的小說理論。在明清兩代有關小說的理論文字中，我們大致可歸納出明清時代對於小說的概念大致有三個要點：

第一，小說以愉悅為第一訴求。明代綠天館主人《古今小說敘》云：「按，按南宋供奉局，有說話人，如今說書之流，其文必通俗，其作者莫可考。泥馬倦勤，以太上享天下之養，仁壽清暇，喜閱話本，命內璫日進一帙，當意，則以金錢厚酬。於是內璫輩廣求先代奇蹟及閭里新聞，倩人敷演進御，以怡天顏。」且不論太監進御話本一事之有無，重點是在話本供人消遣這個事實上。凌濛初說他創作《拍案驚奇》是「取古今來雜碎事可新聽睹、佐談諧者」[04]，後來又作《二刻拍案驚奇》同樣是「偶戲取古今所聞一二奇局可紀者，演而成說，聊舒胸中磊塊。非日行之可遠，姑以遊戲為快意耳。」[05]。所謂「新聽睹、佐談諧」、「以遊戲為快意」，都是強調小說是以娛心為第一要義。明代戲劇家湯顯祖談到文言的傳奇小說也持同樣觀點，他為傳奇小說選集《虞初志》作序時說，該書所收作品「以奇僻荒誕，若滅若沒，可喜可愕之事，讀之使人心開神釋，骨飛眉舞。雖雄高不如《史》、《漢》，簡澹不如《世說》，而婉縟流麗，洵小說家之珍珠船也」[06]

---

04 即空觀主人（凌濛初）：《拍案驚奇・自序》。

05 即空觀主人：《二刻拍案驚奇・小引》。

06 湯顯祖：《點校虞初志序》，《湯顯祖詩文集》卷五十，上海古籍出版社 1982 年版，第 1482 頁。

第二，出於愉悅的訴求，為滿足讀者的好奇和快心，小說不能不虛構。明代「無礙居士」《警世通言敘》稱，小說「人不必有其事，事不必麗其人」；明代謝肇淛[07]說：「凡為小說及雜劇戲文，須是虛實相半，方為遊戲三昧之筆。亦要情景造極而止，不必問其有無也……近來作小說，稍涉怪誕，人便笑其不經，而新出雜劇，若《浣紗》、《青衫》、《義乳》、《孤兒》等作，必事事考之正史，年月不合，姓字不同，不敢作也，如此則看史傳足矣，何名為戲？」

　　清代乾隆年間陶家鶴《綠野仙蹤序》則說得更徹底：「世之讀說部者，動曰『謊耳謊耳』。彼所謂謊者，固謊矣；彼所謂真者，果能盡書而讀之否？……夫文至於謊到家，雖謊亦不可不讀矣。願善讀說部者，宜急取《水滸》、《金瓶梅》、《綠野仙蹤》三書讀之。彼皆謊到家之文字也。」[08]

　　小說雖為杜撰，但並非沒有真實性，它的真實性不表現為所寫人和事為生活中實有，而是表現為所虛構的人和事反映著生活邏輯的真實。

　　第三，既然小說為娛心而虛構，就必須如謝肇淛所說，「亦要情景造極而止」，也就是說，要把假的寫成像是真的，把虛擬的世界描繪得像生活中真實發生的那樣，使人相信，令人感

07　謝肇淛：《五雜組》卷十五「事部三」，上海書店出版社 2001 年版，第 313 頁。

08　陶家鶴：《綠野仙蹤序》，《綠野仙蹤》，人民文學出版社 1987 年排印本「附錄」，第 815 頁。

動。這樣，就必須調動筆墨，該渲染處要渲染，該描摹處要描摹，總之要達到繪聲繪色、惟妙惟肖的境界。如此，一般來說「尺寸短書」便容納不了，且不說長篇章回小說，就是話本小說和文言的傳奇小說，也都不是《搜神記》、《世說新語》式篇幅所能容納得了的。

如果上述概念基本符合歷史事實的話，那麼可以說古代小說的誕生在唐代，以傳奇文為主體的文言敘事作品是小說的最初形態。宋元俗文學興起，由說唱技藝的「說話」書面化而形成的話本和平話，漸漸成長為長篇的章回小說和短篇的話本小說，以「四大奇書」和「三言」為代表，構成小說的主體，並登上文壇與傳統詩文並肩而立。唐前的志怪、志人以及雜史雜傳雖然與小說有歷史淵源，但它們只是小說的孕育形態，還不具有小說文體的內涵。不能依據歷代史志的「小說」概念，把「小說家類」所著錄的作品都視為文學範疇的小說，從而把小說文體的誕生上溯到漢魏甚至先秦。

二、娛樂與教化

小說的產生，遠在詩歌和散文之後。如果說因情感抒發的需要而創造了詩，因資政宣教的需要而創造了文，那麼因娛樂消遣的需要則創造了小說。魯迅說詩歌起源於勞動，小說起源於休息，「人在勞動時，既用歌吟以自娛，借它忘卻勞苦了，

則到休息時，亦必要尋一種事情以消遣閒暇。這種事情，就是彼此談論故事，而這談論故事，正就是小說的起源」[09]。這推測大概距事實不遠。但說故事是口頭的文學，不是書面文學的小說，從口頭到書面的轉化，究竟是怎樣實現的？講故事的傳統可以追溯到上古時代，像清初小說《豆棚閒話》所描寫的鄉村豆棚下講說故事的情形，大概沿演了數千年。口頭故事和書面故事儘管只有一紙之隔，可是從口頭到書面的轉化卻經歷了漫長的歷史歲月。轉化必須條件具備。物質的條件是造紙和印刷，早期的甲骨、絹帛、竹簡不可能去承載供消遣的故事；精神的條件是人們在觀念上接受書面故事也是文的一個部分，傳統觀念認為文章是經國之大業，《文心雕龍》第一篇即為〈原道〉，「聖因文以明道」，「文之為德也大矣」[10]，用文字記錄娛樂性故事，豈不是對經國大業的褻瀆？民間下士或許可以這樣做，但一般看重聲譽的文人卻不屑或者不敢這樣做。而故事要提升到情節的藝術層面，必須要有具備文化修養和文學功底的文人參與。

　　誠然，唐代以前也有一些文字記錄了口傳故事，但它們絕不是為娛樂而記錄。先秦諸子散文如《莊子》、《孟子》、《荀子》、《韓非子》等都或多或少採擷了口傳故事，這些故事只是被先秦思想家們用來闡明某些哲理。魏晉南北朝有志怪的《搜神記》之

09　魯迅：《中國小說的歷史的變遷》。

10　劉勰：《文心雕龍·原道》。引自周振甫《文心雕龍注釋》，人民文學出版社 1981 年版，第 1 頁。

類的許多作品，這些作品的宗旨主要在宣揚神道，多為佛教、道教的輔教之書[11]；志人的《世說新語》之類的許多作品是當時為舉薦需要創作的作品，是人倫鑒識的產物，它們所記錄超邁常人的異操獨行，是供士人學習和仿效的，《世說新語》也就成為士人的枕邊書；雜史雜傳中有許多故事，但它們是史傳的支脈，是為補正史之不足而存在的，絕非供人娛樂消遣。

不可否認，唐前的志怪、志人和雜史雜傳都程度不同地含有文學的因素，從敘事傳統來說，它們孕育了小說，或者可以說是「古小說」、「前小說」。從唐前的「古小說」轉化為唐傳奇這個小說的最初形態，其驅動力量就是娛樂。文人遊戲筆墨，拿文字作為遊戲消遣工具，並且成為一種潮流，始於唐代。這並非偶然，唐代是一個開放的、思想多元的時代，儒家的文道觀不再是文壇的主宰力量。詩言志，文以載道，已不是不可違背的金科玉律。白居易的〈江南喜逢蕭九徹，因話長安舊遊，戲贈五十韻〉、白行簡的《天地陰陽交歡大樂賦》等，描寫豔情，其筆墨之放肆，並不下於張鷟的傳奇小說〈遊仙窟〉。就是以重振儒家道統文統為己任的韓愈，受世風薰染，也免不了涉足小說的撰作，因而遭到張籍的批評，引發了一場關於小說是否為「駁雜之說」的爭論。唐代文人用文學消遣已無甚顧忌，是小說誕生的精神條件。

---

11 詳見湯用彤《漢魏兩晉南北朝佛教史》第十五章，中華書局 1983 年版。

事實上，唐傳奇大多就是士大夫貴族閒談的產物。韋絢說他的《嘉話錄敘》是劉禹錫客廳上閒聊的記錄，「卿相新語，異常夢話，若諧謔、卜祝、童謠、佳句，即席聽之，退而默記，或染翰竹簡，或簪筆書紳」，記錄之目的，「傳之好事以為談柄也」[12]。陳鴻談到他的〈長恨歌傳〉的寫作緣起時說：「元和元年冬十二月，太原白樂天自校書郎尉於盩厔，鴻與琅琊王質夫家於是邑。暇日相攜游仙遊寺，話及此事（指唐玄宗與楊貴妃事），相與感嘆。質夫舉酒於樂天前曰：『夫希代之事，非遇出世之才潤色之，則與時消沒，不聞於世。樂天深於詩，多於情者也，試為歌之，如何？』樂天因為〈長恨歌〉。意者不但感其事，亦欲懲尤物，窒亂階，垂於將來者也。歌既成，使鴻傳焉。」[13]〈長恨歌傳〉得之於遊宴，而〈任氏傳〉則聞之於旅途，「建中二年，既濟自左拾遺於金吳。將軍裴冀，京兆少尹孫成，戶部郎中崔需，右拾遺陸淳皆適居東南，自秦徂吳，水陸同道。時前拾遺朱放因旅遊而隨焉。浮潁涉淮，方舟沿流，晝宴夜話，各征其異說。眾君子聞任氏之事，共深嘆駭，因請既濟傳之，以志異云」[14]。李公佐的〈古岳瀆經〉也聞之於旅途，

12　韋絢：《嘉話錄敘》。轉引自侯忠義編《中國文言小說參考資料》，北京大學出版社1985年版，第254頁。

13　陳鴻：〈長恨歌傳〉。引自汪辟疆校錄《唐人小說》，上海古籍出版社1978年版，第141頁。

14　沈既濟：〈任氏傳〉。引自汪辟疆校錄《唐人小說》，上海古籍出版社1978年版，第58頁。

「貞元丁丑歲，隴西李公佐泛瀟湘、蒼梧。偶遇征南從事弘農楊衡，泊舟古岸，淹留佛寺，江空月浮，征異話奇」，楊衡講述無支祁的故事，幾年以後，李公佐訪太湖包山，於石穴間得古《岳瀆經》殘卷，所記無支祁事蹟與楊衡所述相符，由此寫成〈古岳瀆經〉。[15] 李公佐煞有介事，似乎確有水神無支祁，其實學者一看即知其為虛誇以娛目而已，明代宋濂指它是「造以玩世」[16]，胡應麟也稱之為「唐文士滑稽玩世之文」[17]。唐傳奇得之於閒談，這樣的例子不勝枚舉。

曾有一說認為唐傳奇可作行卷，有博取功名之用，傳奇小說由是而興，系根據宋代趙彥衛《雲麓漫鈔》卷八的一段話：「唐之舉人，先藉當世顯人以姓名達之主司，然後以所業投獻。逾數日又投，謂之溫卷。如《幽怪錄》、《傳奇》等皆是也。蓋此等文備眾體，可以見史才、詩筆、議論。」今人程千帆指出趙彥衛的話與現存的關於唐代納卷、行卷制度的文獻所提供的事實不合[18]，不足為據。倒是有證據證明，傳奇小說因其內容虛妄，作為納卷呈獻禮部後反倒壞了科舉的前程。錢易《南部新書》甲卷：「李景讓典貢年，有李復言者，納省卷，有《纂異》

15　李公佐：〈古岳瀆經〉。引自張友鶴選注《唐宋傳奇選》，人民文學出版社1964年版，第55頁。

16　宋濂：《宋學士全集》卷三十八〈刪〈古岳瀆經〉〉。

17　胡應麟：《少室山房筆叢》卷三十二〈四部正訛下〉，上海書店出版社2001年版，第316頁。

18　程千帆：《唐代進士行卷與文學》，上海古籍出版社1980年版。

一部十卷。榜出曰:『事非經濟,動涉虛妄,其所納仰貢院驅使官卻還。』復言因此罷舉。」《纂異》即今傳《續玄怪錄》,李景讓知貢舉為唐文宗開成五年(西元八四〇年)。可見,納卷、行卷的內容應當有關「經濟」(經時濟世),是明道的文字,絕非遊戲筆墨如傳奇小說之類[19]。白話小說晚於文言小說,它是由口頭技藝「說話」轉變而成。「說話」是宋元勾欄瓦肆供娛樂的技藝,從口頭技藝轉變為書面文學的話本和平話,娛樂的宗旨一以貫之。

但是,單純娛樂的文字是行之不遠的,現存的早期話本如〈柳耆卿詩酒玩江樓記〉、〈西湖三塔記〉、〈洛陽三怪記〉、〈西山一窟鬼〉、〈孔淑芳雙魚扇墜傳〉等,故事之離奇,足以聳人聽聞,然而僅止於感官而已。馮夢龍就曾批評〈玩江樓〉、〈雙魚墜記〉之類為「鄙俚淺薄,齒牙弗馨焉」[20]。娛樂是小說的原生性功能,娛樂的動力如果失去審美和教化的導向,就會陷於低級惡謔的泥淖。唐傳奇雖然產生於徵奇話異的閒聊之中,但畢竟是在文人圈子裡講傳,灌注著文人的情志,多少蘊含有審美、道德、政治、哲理、宗教等意蘊。唐前志怪寫狐精的很多,唐傳奇〈任氏傳〉也寫狐精,但它卻能化腐朽為神奇,在狐精任氏身上賦予了美好的人情。作者寫任氏對愛情的執著,為

---

19 詳見傅璇琮《唐代科舉與文學》第十章「進士行卷與納卷」,陝西人民出版社 1986 年版。

20 綠天館主人(馮夢龍):〈古今小說敘〉。

愛而甘冒生命的風險，是寄託著對現實庸俗習氣的批判的。李公佐寫〈謝小娥傳〉是要傳揚謝小娥這樣一位弱女子身上秉承的貞節俠義的美德，「君子曰：『誓志不舍，復父夫之仇，節也；傭保雜處，不知女人，貞也。女子之行，唯貞與節，能終始全之而已，如小娥，足以儆天下逆道亂常之心，足以觀天下貞夫孝婦之節。』餘備詳前事，發明隱文，暗與冥會，符於人心。知善不錄，非《春秋》之義也，故作傳以旌美之」。

　　白話小說植根於市井娛樂市場，初期的作品大多是「說話」節目的文字化故事而已。從一些僥倖留存下來的作品看，如《紅白蜘蛛》[21]（後被改寫為〈鄭節使立功神臂弓〉，收在《醒世恒言》）、〈攔路虎〉（收在《清平山堂話本》，改作〈楊溫攔路虎傳〉）等，都還是沒有情節的故事。關於故事與情節的區別，英國小說家兼理論家 E・M・福斯特（Edward Morgan Forster）說：「故事是敘述按時間順序安排的事情。情節也是敘述事情，不過重點是放在因果關係上。『國王死了，後來王后死了』，這是一個故事。『國王死了，後來王后由於悲傷也死了』，這是一段情節。時間順序保持不變，但是因果關係的意識使時間順序意識顯得暗淡了。」[22] 凸顯因果關係，就是作者把故事提升為情節，而情節是蘊含著道德的、審美的、政治的評價的。白話小

21　《紅白蜘蛛》僅存殘頁，詳見黃永年《記元刻〈新編紅白蜘蛛小說〉殘頁》，載《中華文史論叢》1982 年第 1 輯。

22　《小說美學經典三種》，上海文藝出版社 1990 年版，第 271 頁。

說從初期的單一娛樂進步到寓教於樂，經歷了漫長歲月，直到一批重視通俗文學的文人參與，才達到娛樂與教化統一的境界。

《三國志通俗演義》嘉靖本〈庸愚子序〉講到由三國故事提升為情節的過程時說：「前代嘗以野史作為評話，令瞽者演說，其間言辭鄙謬，又失之於野。士君子多厭之。」羅貫中考諸國史，留心損益，作《三國志通俗演義》，「文不甚深，言不甚俗，事紀其實，亦庶幾乎史，蓋欲讀誦者，人人得而知之，若《詩》所謂里巷歌謠之義也」。題名「演義」，就是宣示通過歷史故事演述世間的大道理。傳統社會輿論總是視小說為小道，鄙俗敗壞人心，主張嚴禁，清康熙間劉獻廷卻說，看小說、聽說書是人的天性，六經之教也原本人情，關鍵在於「因其勢而利導之」[23]，也就是寓教於小說，同樣可以擔負起治俗的使命。

娛樂是小說的原生性功能，教化是小說的第二種功能，是建立在娛樂之上的、比娛樂更高級的功能。教化不只是道德的，還包括審美的、智識的等多種元素。沒有教化的娛樂只是一種感官享受，算不上藝術；沒有娛樂功能的教化，那就只是教化，算不上文學。小說中的娛樂和教化是對立統一的，二者相容並蓄，方能達到成熟的藝術境界。

23　劉獻廷：《廣陽雜記》卷二，中華書局 1957 年版，第 107 頁。

三、史家傳統與「說話」傳統

　　縱觀小說的歷史，不只是娛樂與教化的矛盾制約著小說的運動，同時還有別的矛盾，這其中就有史家傳統和「說話」傳統的矛盾。史家傳統體現在歷朝歷代的豐富的史傳文本中，同時又表現為由史家不斷積累經驗所形成的一種修史的觀念體系。「說話」傳統則是千百年民間徵奇話異、講說故事的文化習俗，這個傳承不斷的習俗也形成自己的一套觀念體系。史傳與「說話」同是敘事，「說話」發生得更早，史傳在文字出現後才逐漸形成。殷商記錄卜祭以及與之相關事情的甲骨文便是史傳的萌芽。在中國古代史官文化的價值觀念中，官修的正史甚至具有法典的權威。「說話」雖然根深蒂固，千百年來牢不可破，頑固地在草根間生長，並發展成文學敘事的小說，但在史傳面前總是自慚形穢，抬不起頭來。史家傳統，簡而言之就是「據事蹟實錄」，他們認為真理就寓居在事實中，王陽明說「以事言，謂之史；以道言，謂之經。事即道，道即事」[24]。《春秋》就被儒家列為「五經」之一。「說話」恰恰輕視事實，只要好聽，怎麼杜撰編造都可以。劉勰談到修史時說：「然俗皆愛奇，莫顧實理。傳聞而欲偉其事，錄遠而欲詳其跡。於是棄同即異，穿鑿傍說，舊史所無，我書則傳。此訛濫之本源，而述遠之也。」[25]

24　王陽明：《傳習錄集評》卷上，《王陽明全集》，上海古籍出版社1992年版，第10頁。

25　劉勰：《文心雕龍·史傳》。引自周振甫《文心雕龍注釋》，人民文學出版社1981年版，第171—172頁。

在史家眼裡，不顧事實的虛構是修史的巨蠹。

小說文體恰恰又是從史傳中孕育出來的，志怪、志人、雜史雜傳，都被傳統目錄學家看成是史傳的支流和附庸，事實上唐傳奇作品多以「傳」「記」題名，如〈任氏傳〉、〈柳氏傳〉、〈霍小玉傳〉、〈東城老父傳〉、〈長恨歌傳〉以及〈古鏡記〉、〈枕中記〉、〈三夢記〉、〈離魂記〉等，作家們是用史家敘事筆法來創作的。早期話本來源於「說話」，帶有濃重的說唱痕跡，與史傳敘事距離較遠，可一旦文人參與，史家傳統便滲透進來。

小說的本性是虛構，本與史傳不搭界，但史家傳統實在太強大了，小說不得不謙恭地說自己是「正史之餘」[26]，由是也不得不掩飾自己的虛構。小說開頭一定要交代故事發生的確切時間和地點，一定要交代人物的來歷，說明小說敘述的故事是千真萬確發生過的事情。

史家傳統對白話小說的牽制，突出地表現在歷史演義小說的創作過程中。宋元「說話」四大家數中有「講史」一家，專門講說前代書史文傳興廢爭戰之事，從現存的元刊《三國志平話》來看，虛的多，實的少，情節中充滿了於史無稽的民間傳說，與歷史相去十萬八千里。但它是小說，不是史傳，市井草民喜聞樂見，故坊賈願意刊刻印行。但君子卻認為它言辭鄙謬，又失之於野，於是就有羅貫中據《通鑑綱目》等正史予以匡正，寫

26　笑花主人：〈今古奇觀序〉。

成《三國志通俗演義》。羅貫中稔熟三國歷史，又有深邃的識見和文學的功底，使得《三國志通俗演義》虛實莫辨，清代史學家章學誠仔細考辨，結論是「七分實事，三分虛構」。這是歷史演義小說最成功的範例。繼之而起的林林總總的「按鑒演義」，大都是抄錄史書，摻雜少許民間傳說作為調味作料，正如今人孫楷第所言，「小儒沾沾，則頗泥史實，自矜博雅，恥為市言。然所閱者至多不過朱子《綱目》，鉤稽史書，既無其學力；演義生發，又愧此槃才。其結果為非史抄，非小說，非文學，非考定」[27]。包括《三國志通俗演義》在內的歷史演義小說，本質是小說，不能動輒以史實來挑剔它，「按鑒演義」的編撰者正是受史家傳統的制約，才造成它如此曖昧的面孔。

小說家從史家傳統中掙扎出來很不容易，明代中期以來，就有不少小說作者和批評者進行抗爭，謝肇淛說小說「須是虛實相半，方為遊戲三昧之筆」，《說岳全傳》的作者金豐也主張小說「虛實相半」，「從來創說者不宜盡出於虛，而亦不必盡由於實。苟事事皆虛則過於誕妄，而無以服考古之心；事事皆實則失於平庸，而無以動一時之聽」[28]。如果說「虛實相半」還是在史家傳統面前遮遮掩掩，猶抱琵琶半遮面，那麼清代乾隆年間為《綠野仙蹤》作序的陶家鶴就乾脆直白得多了，說《綠野仙

27　孫楷第：《日本東京所見小說書目》卷三〈明清部二〉，人民文學出版社 1958 年版，第 38 頁。

28　金豐：〈新鐫精忠演義說本岳王全傳序〉。

蹤》與《水滸傳》、《金瓶梅》都是「謊到家之文字」。曹雪芹徑直稱自己的《紅樓夢》是「真事隱去」、「假語村言」，所敘述的故事無朝代可考，「滿紙荒唐言」而已。「史統散而小說興。」[29]當小說完全克服了對史家傳統的敬畏和依附時，小說才得到創作的解放，才真正找回了自我。

四、雅與俗

雅和俗是一種文化現象。雅文化是社會上層文化，孔子《論語‧述而》說：「《詩》、《書》執禮，皆雅言也。」雅言，既指文化內容，又指語言外殼。古代合於經義的叫雅，雅馴篤實的叫雅；語言和風格方面，含蓄穩重的叫雅，語言精緻，也就是有別於地方方言的士大夫的標準語，或可稱當時的國語叫雅。與雅相對，俗文化是屬於下層民眾的文化，其內容不盡符合《詩》、《書》禮教的規矩繩墨，語言和風格方面，詭譎輕佻的為俗，方言俚語為俗。雅和俗既對立，又統一在一個民族文化中。中華文化中雅俗文化沒有斷然的分界，雅既從俗中提煉出來，又承擔著正俗化俗的使命。

任何一個民族的文學形式都有雅俗的分野，中國文學中的傳統詩文屬於雅文學，小說、戲曲、民歌、彈詞寶卷屬於俗文學。文學的雅俗是相對而存在的，一種文學形式的內部也有雅

29　綠天館主人（馮夢龍）：〈古今小說敘〉。

俗之分。文言小說作為小說，相對傳統詩文是俗，這是由於它的駁雜荒誕；但在小說內部，它相對白話小說卻又是雅。小說內部的雅和俗的對立統一，是小說發展的又一個重要的因素。

唐代傳奇小說是士人寫給士人讀的文學，它產生和活躍在雅文化圈內。在儒家道統鬆弛的年代，它可以汪洋恣肆、百無禁忌，創造出一大批想像豐富、情感動人的作品。道統一旦得以重振，它就要受到「不雅」的指責。張籍批評韓愈的〈毛穎傳〉「駁雜無實」，而「駁雜無實」就是俗的代名詞。司馬遷《史記・五帝本紀》中說「百家言黃帝，其言不雅馴」，不雅馴即指荒誕無稽。張籍的批評代表了唐代中後期的主流思潮的觀點，這種觀點占了社會輿論的上風，唐傳奇就要衰退了。事實也是單篇的傳奇小說銳減，小說又復古到魏晉南北朝，尚質黜華，出現了像《酉陽雜俎》這樣的作品集，其中不少文章已失去傳奇小說的風味。傳奇小說蒙上不雅的俗名，士人便疏遠它，它便漸漸走出雅文化圈子，下移到「俚儒野老」的社會層級。明代胡應麟說：「小說，唐人以前，紀述多虛，而藻繪可觀。宋人以後，論次多實，而彩豔殊乏。蓋唐以前出文人才士之手，而宋以後率俚儒野老之談故也。」[30]

胡應麟所謂的「小說」，包括一志怪、二傳奇、三雜錄、四

---

30 胡應麟：《少室山房筆叢》卷二十九〈九流緒論下〉，上海書店出版社 2001 年版，第 283 頁。

叢談、五辨訂、六箴規，他這段文字所指「小說」，是「志怪」「傳奇」兩類記述事蹟文字，說宋以後小說作者大多出自「俚儒野老之談」，反映了歷史事實，但說宋人小說「多實」則不盡貼切。宋人志怪模仿晉宋，據傳聞實錄，文字趨於簡古是客觀存在，但宋人傳奇多以歷史故事為題，如〈綠珠傳〉、〈迷樓記〉之類，虛構多多，文字亦鋪張，只是藻繪確實遠遠不及唐傳奇。元以降，至明代中後期，出現了一大批如《嬌紅記》、《尋芳雅集》、《鍾情麗集》之類的作品，高儒《百川書志》卷六著錄它們的時候，特加評語說：「皆本〈鶯鶯傳〉而作，語帶煙花，氣含脂粉，鑿穴穿牆之期，越禮傷身之事，不為莊人所取，但備一體，為解睡之具耳。」[31]

「越禮」當然是不雅，「不為莊人所取」則是口頭上的，拿它做「解睡之具」透露著「莊人」之所真好。還是胡應麟說得直白：「大雅君子，心知其妄，而口競傳之，且斥其非而暮引用之，猶之淫聲麗色，惡之而弗能弗好也。夫好者彌多，傳者彌眾；傳者日眾，則作者日繁。夫何怪焉？」[32]

這類半文半白、篇幅已拉得很長的傳奇小說繼續走著俗化的道路，到清初它們乾脆放棄文言，使用白話，並且採取章回的形式，便成為才子佳人小說。若不是《聊齋志異》重振唐傳奇

31　高儒：《百川書志》，上海古籍出版社 2005 年版，第 90 頁。

32　胡應麟：《少室山房筆叢》卷二十九〈九流緒論下〉，上海書店出版社 2001 年版，第 282 頁。

雄風，傳奇小說果真要壽終正寢了。

如果說傳奇小說是從雅到俗，那麼白話小說的運動路向恰好相反，是從俗到雅。白話小說從「說話」脫胎而來，長期處於稚拙俚俗的狀態，它們帶著濃厚的草根氣息，粗拙卻又鮮活，不論是「講史」如《三國志平話》，還是「小說」如《六十家小說》（現名《清平山堂話本》），都難以登上大雅之堂。

由俗到雅的變化的發生，與王陽明「心學」的崛起有著直接的關係。王陽明認為人人皆可成聖賢，他的布道講學是面向民眾的，要讓不多識字或根本不識字的草民懂得他的道理，就不能不用通俗的方式講說。他說：「你們拿一個聖人去與人講學，人見聖人來，都怕走了，如何講得行？須做得個愚夫愚婦，方可與人講學。」[33] 他雖沒有談到通俗小說，但講到戲曲就可以用來化民善俗，他說：「今要民俗反樸還淳，取今之戲子，將妖淫詞調俱去了，只取忠臣孝子故事，使愚俗百姓人人易曉，無意中感激他良知起來，卻於風化有益。」[34]

從來的莊人雅士對於俗文學都是鄙夷不屑的，至少在口頭上如此。王陽明如此說而且如此做，目的當然是要把儒學從書本章句中推向民間的人倫日用，與佛、道爭奪廣大的信徒，但他利用通俗的形式來傳道，卻為文士參與小說創作開了綠燈。

33　《王陽明全集》，上海古籍出版社 1992 年版，第 116 頁。
34　《王陽明全集》，上海古籍出版社 1992 年版，第 113 頁。

白話小說的作者在很長時間裡都是不見經傳的無名氏，從這時開始出現有姓名可考的大文人，如吳承恩、馮夢龍、凌濛初、李漁、吳敬梓、曹雪芹等。

　　文人的參與，使俗而又俗的白話小說有可能改變娛樂唯一的宗旨，從而具有了雅的品質。李漁認為俗可寓雅，「能於淺處見才，方是文章高手」[35]。煙水散人說：「論者猶謂俚談瑣語，文不雅馴，鑿空架奇，事無確據。嗚呼，則亦未知斯編實有針世砭俗之意矣。」[36] 小說既然可以肩負「針世砭俗」的使命，自然就不能用一個「俗」字罵倒它。羅浮居士〈蜃樓志序〉指出，小說雖有別於「大言」，但小說寫「家人父子日用飲食往來酬酢之細故」，卻可以「准乎天理國法人情以立言」，「說雖小乎，即謂之大言炎炎也可」。白話小說俗中有雅，是白話小說藝術成熟的重要標誌。

　　雅俗共存的典範作品莫過於《聊齋志異》和《紅樓夢》。馮鎮巒評《聊齋志異》說：「以傳記體敘小說之事，仿《史》、《漢》遺法，一書兼二體，弊實有之，然非此精神不出，所以通人之，俗人亦愛之，竟傳矣。」[37]

　　諸聯評《紅樓夢》說：「自古言情者，無過《西廂》。然《西

35　李漁：《閒情偶寄‧詞曲部》。引自《中國古典戲曲論著集成》（七），中國戲劇出版社 1959 年版，第 28 頁。

36　煙水散人：〈珍珠舶序〉。轉引自大連圖書館參考部編《明清小說序跋選》，春風文藝出版社 1983 年版，第 45 頁。

37　張友鶴輯校：《聊齋志異》會校會注會評本，上海古籍出版社 1978 年新 1 版，第 15 頁。

廂》只兩人事，組織歡愁，摛詞易工。若《石頭記》，則人甚多，事甚雜，乃以家常之說話，抒各種之性情，俾雅俗共賞，較《西廂》為更勝。」[38]《聊齋志異》和《紅樓夢》能夠成為小說的經典之作，除了蒲松齡和曹雪芹的主觀因素和他們所處的時代條件之外，雅與俗的碰撞與融合也是重要的一點。

38　一粟編：《紅樓夢卷》，中華書局 1963 年版，第 118 頁。

第一編

傳奇小說的演變

第一章

理學與宋元明傳奇小說的走向

第一章　理學與宋元明傳奇小說的走向

第一節　主流思潮理學的創立

　　初創階段的話本小說植根在民間，是一種帶有商業性質的大眾文化，它雖然充滿市井氣息，敘事也稚拙，卻散發著蓬勃的生命力；傳奇小說的作者和直接讀者是文人士大夫，它的發展極易受當時的政治文化主流思潮的左右，唐代以韓愈的道統說為思想基礎的古文運動，就使得許多文人漸漸遠離以趣味和愉悅為主的單篇傳奇小說，於是向唐前小說靠攏的雜俎型合集漸趨繁盛，傳奇小說的黃金時代也就一去不復返了。

　　初興於北宋、完成於南宋的理學，即道學，在一定意義上是韓愈精神的延續和發展。宋初的柳開就說：「吾之道，孔子、孟軻、揚雄、韓愈之道；吾之文，孔子、孟軻、揚雄、韓愈之文也。」[01] 洪邁引張景〈柳開行狀〉，指柳開文章以韓愈為宗尚，甚至將自己的名字定為「肩愈」，字「紹先」，韓愈之道大行於宋，「自公始也」。[02] 他後來易名為「開」，寓意在「將開古聖賢之道於時也，將開今人之耳目使聰且明也，必欲開之為其塗矣，使古今由於吾也」[03]。他確實是北宋開道學風氣的先驅者之一。稍後，被理學家稱為「三先生」的孫復、石介、胡瑗，皆一脈相傳，至周敦頤始創立理學，而完成其學說者則是南宋的朱熹。

01　柳開：《河東集》卷一〈應責〉。

02　洪邁：《容齋續筆》卷九〈國初古文〉。

03　柳開：《河東集》卷二〈補亡先生傳〉。

理學的創立自有它的社會政治原因。宋朝結束殘唐五代的紛亂局面，並未恢復漢唐故地，北邊的遼、西北的西夏，仍對中原虎視眈眈，維持局面的統一和穩定，需要一個強大的思想。理學從社會政治需要出發，對儒家經典重新作出解說，論證君主中央集權的合理性。它吸收佛道的思想資源，將原本只講修身處世治國之道的儒學，發展成富於思辨的哲學化的儒學。程顥、程頤上承周敦頤，明確提出「萬物皆出於理」的理論主張，認為「理」是先驗的，有理而後有象，有象而後有數，理是永恆的，不能變易，亦不可違逆。用於解釋人事，則說君臣、父子、夫婦與社會等級皆是天理所定，尊卑等級秩序所謂「三綱五常」必須遵循。用於說明人性，則認為天理即在性中，人性本善，是天理所稟賦，然而後天會受氣稟清濁的影響，以致人性有向惡的可能，於是提出「存天理，去人欲」的主張，把孔子的「克己復禮」解釋成「克己」即克欲、「復禮」即存天理。理學家在處理文與道的關係上，更發展了韓愈的理論，主張重道輕文，文只是道的載體，如果以博聞強記，巧文麗辭為工，榮華其言，便離道遠矣。「今為文者專務章句，悅人耳目；既務悅人，非俳優而何！」[04]

理學興盛並漸成思想主流，宋詩於是偏離唐詩風範，愛講道理，把抒發情感的任務轉移到宋詞。詩歌尚且如此，向來以

04　《二程遺書》卷十八。

「悅人耳目」的傳奇小說當然就被視為俳優之體，受理學薰陶的文人不屑為之，即使偶然涉筆，也必然寡情少欲、行文平實，不再有唐傳奇情態萬殊的恢宏氣象。

第二節　傳奇小說的史傳化

儒家把《春秋》奉為經典，認為《春秋》大旨在於借事明義。劉知幾說：「史之為務，申以勸戒，樹之風聲；其有賊臣逆子，淫君亂主，苟直書其事，不掩其瑕，則穢跡彰於一朝，惡名被於千載。」[05] 他們認為真理寓於歷史事實之中，如韓愈所說，「據事蹟實錄，則善惡自見」[06]。傳奇小說如果以歷史為題材，向史傳靠攏，用歷史故事演繹道理，以彰勸懲，或許是擺脫俳優嫌疑，獲得理學認可的最佳途徑。宋代傳奇正是沿著這個路徑發展的。

記錄靈怪的異聞類作品，宋人蹈《搜神記》之舊轍，視靈怪為實有，以記載不誣為原則，脫離唐傳奇以鬼怪言情的軌道，復古而不類古。據《楓窗小牘》云，宋初徐鉉編纂《稽神錄》，「每欲採擷，不敢自專，輒示宋白，使問李昉。昉曰：詎有徐率更言無稽者，於此錄遂得見收」[07]。宋白，官至吏部尚書；李昉，官至右僕射、中書侍郎平章事；徐鉉，做過太子率更令（掌

05　劉知幾：《史通‧直書》。

06　韓愈：《韓昌黎集‧答劉秀才論史書》。

07　轉引自《四庫全書總目》卷一四二〈子部‧小說家類三〉《稽神錄》條。

管計時器並報時間的官吏），故稱「徐率更」。三人均參加《太平廣記》的編撰。「詎有徐率更言無稽者」，意謂難道率更令徐鉉會講荒唐無稽的話！李昉是史學家，參加編修《舊五代史》。徐鉉編纂《稽神錄》態度的審慎，李昉對於徐鉉據見聞實錄的篤信，說明他們都以「鬼之董狐」為己任，這種撰寫態度和宗旨可比志怪，是寫不出〈任氏傳〉、〈柳毅傳〉那樣意想豐富、敘述宛轉和文辭華豔的作品的。南宋洪邁編撰《夷堅志》計四百二十卷，規模之大，乃志怪書之前所未有。洪邁在〈夷堅丁志序〉虛擬一位質疑者言，其書記載神奇荒怪之事，且非盡為當世賢卿大夫之異聞，何以考實，豈不無益可笑之至！洪邁以《史記》記有侍醫、畫工而無以考實為證，自詡「善學太史公，宜未有如吾者」[08]。如魯迅所說，「志怪又欲以『可信』見長，而此道於是不復振也」[09]

　　唐傳奇寫現實題材是其特點之一，著名作品如〈李娃傳〉、〈鶯鶯傳〉、〈霍小玉傳〉、〈長恨歌傳〉、〈東城老父傳〉、〈步飛煙〉等，事涉帝王將相也略無顧忌。宋代傳奇卻遠離現實，大多從歷史中搜尋題材，既寫古事，又規避意想和文采，一意在勸善懲惡，所謂傳奇，實則近於雜史雜傳。吳淑《江淮異人錄》寫了宋前的俠客術士等奇異之人，如《四庫全書總目》所說，「淑書所記，則《周禮》所謂怪民，《史記》所謂方士，前史往往見之，

08　洪邁：《夷堅志》，中華書局 1981 年版，第 537 頁。
09　魯迅：《中國小說史略》第十一篇〈宋之志怪及傳奇文〉。

第一章　理學與宋元明傳奇小說的走向

尚為事之所有，其中如耿先生之類，馬令、陸游二《南唐書》皆採取之，則亦非盡鑿空也」[10]。張齊賢撰《洛陽縉紳舊聞記》，記敘「唐梁已還五代間事」，如他自序所說，乃「追思曩昔搢紳所說及餘親所見聞，得二十餘事，因編次之，分為五卷。摭舊老之所說，必稽事實；約前史之類例，動求勸戒。鄉曲小辨，略而不書；與正史差異者，並存而錄之，則別傳、外傳之比也」[11]。《四庫全書總目》也肯定該書「可與《五代史》闕文諸書，同備讀史之考證也」[12]。

　　宋代傳奇小說影響較大的大多為歷史題材的作品，如〈綠珠傳〉、〈楊太真外傳〉、〈趙飛燕外傳〉等等，作者當然也不是由史而史，誠如樂史在〈綠珠傳〉篇末所云：「今為此傳，非徒述美麗，窒禍源，且欲懲戒辜恩負義之類也。」[13] 在〈楊太真外傳〉篇末也說，「今為外傳，非徒拾楊妃之故事，且懲禍階而已」。敘故事而寓勸懲，不止於歷史題材，宋傳奇談鬼說怪，大多亦秉持此宗旨。人鬼戀向來是志怪、傳奇津津樂道的主題，情感動人的作品不少，錢易〈越娘記〉在宋傳奇中敘人鬼遇合，算得上是佼佼者，然其道學氣幾乎擠乾了情愛的元素。楊舜俞與孤魂野鬼的越娘萍水相逢，舜俞同情越娘的悲慘遭遇，為她

10　《四庫全書總目》卷一四二〈子部・小說家類三〉。

11　〈洛陽縉紳舊聞記〉卷首。

12　《四庫全書總目》卷一四〇〈子部・小說家類一〉。

13　宋代傳奇小說引文皆據李劍國輯校《宋代傳奇集》，中華書局2001年版。下不再注。

隆重遷葬，越娘感恩生情，然陰陽相剋，舜俞病入膏肓，然恨越娘不再現身，先是伐其墓，繼而又請道士作法，令越娘備受荷枷鞭撻之苦，一場人鬼戀竟以鬧劇收場。作品的主旨，如劉斧所評：「愚哉舜俞也！始以遷骨為德，不及於亂，豈不美乎！既亂之，又從而累彼，舜俞雖死，亦甘惑之甚也。夫惑死者猶且若是，生者從可知也。後此為戒焉。」作者之旨不在情，而在理，篇中道士教訓舜俞「儒者不適於理，徒讀其書，將安用也？」正是作品垂教之義。

第三節　傳奇小說的通俗化

　　宋代以降，篇幅長到可以單篇行世的傳奇小說的創作，漸漸轉移到下層文人手裡，其通俗化的趨勢甚為明顯。知名文人或大文人不是不寫「小說」，而是傾向於撰寫「尺寸短書」的筆記小說。如歐陽脩《歸田錄》、司馬光《涑水紀聞》、蘇軾《東坡志林》、蘇轍《龍川略志》、《龍川別志》、宋祁《宋景文筆記》、葉夢得《石林燕語》、陸游《老學庵筆記》、洪邁《容齋隨筆》、《夷堅志》、周密《齊東野語》、《癸辛雜識》等，其總數不下四百部。如前所敘，道學家認為傳奇小說幾近俳優之體，以致有身分的文人不屑為之，傳奇小說地位下移，「無名氏」們出於自己的審美趣味以及迎合平民大眾的審美習慣及需求，不能不向通俗方向發展。題材上，煙粉一類的作品多了起來，如〈蘇小卿〉、〈張

第一章　理學與宋元明傳奇小說的走向

浩〉、〈鴛鴦燈傳〉等,〈蘇小卿〉被編為雜劇《蘇小卿月夜販茶船》和話本〈豫章城雙漸趕蘇卿〉,〈張浩〉被改編為《警世通言》卷二十九〈宿香亭張浩遇鶯鶯〉,《鴛鴦燈傳》被改編為熊龍峰刊行小說〈張生彩鸞燈傳〉,說明他們與通俗小說在精神上已很是接近。南宋初《綠窗新話》選編前人作品,其中所含北宋傳奇小說也以煙粉情愛為多,該書標題以七字為目,兩目成一對偶,這種體式或來自說話也未可知,總之它的編輯受大眾文化的薰染,乃是不爭的事實。明代胡應麟說:「小說,唐人以前紀述多虛而藻繪可觀,宋人以後論次多實而彩豔殊乏。蓋唐以前出文人才士之手,而宋以後率俚儒野老之談故也。」[14] 宋代傳奇小說開始從唐代貴族沙龍中走出來,逐漸成為平民百姓的大眾讀物。

　　元代傳奇小說傳世之作不多,唯〈嬌紅記〉鶴立雞群。它寫申純與表妹嬌娘的戀情,極其委婉細膩,篇幅長,數倍於單篇行世之唐傳奇,實為文言中篇小說之發軔者。傳奇小說通俗化潮流氣勢之洶,明初《剪燈新話》由俗返雅的努力也不能阻擋它的前進,循著〈嬌紅記〉的路徑所創作的文言中篇小說不斷湧現,如〈鍾情麗集〉、〈龍會蘭池錄〉、〈雙卿筆記〉、〈懷春雅集〉、〈花神三妙傳〉、〈尋芳雅集〉、〈天緣奇遇〉、〈劉生覓蓮記〉等,不僅被改編成戲曲搬演,更深刻地影響了才子佳人小說和豔情

14　胡應麟:《少室山房筆叢》卷二十九〈九流緒論下〉,上海書店出版社 2001 年版,第 283 頁。

小說，它們實質上是用文言寫出來的通俗小說。明代萬曆、崇禎期間各種通俗類書《國色天香》、《萬錦情林》、《燕居筆記》等爭相轉載，這也說明這些作品在民間有著廣大的市場。

　　章學誠在《文史通義》中曾描述過「小說」的演變，他說：

> 小說出於稗官，委巷傳聞瑣屑，雖古人亦所不廢。然俚野多不足憑，大約事雜鬼神，報兼恩怨，《洞冥》、《拾遺》之篇，《搜神》、《靈異》之部，六代以降，家自為書。唐人乃有單篇，別為傳奇一類。大抵情鐘男女，不外離合悲歡。紅拂辭楊，繡襦報鄭，韓、于緣通落葉，崔、張情導琴心，以及明珠生還，小玉死報，凡如此類，或附會疑似，或意托子虛，雖情態萬殊，而大致略似。其始不過淫思古意，辭客寄懷，猶詩家之樂府古豔諸篇也。宋、元以降，則廣為演義，譜為詞曲，遂使瞽史弦誦，優伶登場，無分雅俗男女，莫不聲色耳目。蓋自稗官見於《漢志》，歷三變而盡失古人之源流矣。[15]

　　文中說的「宋、元以降，則廣為演義」，這「演義」非專指長篇歷史演義小說，乃泛指略據史事、雜以傳說、「無分雅俗男女，莫不聲色耳目」之傳奇小說。章氏對「小說」的評價，雖然局限於他的文史價值觀，但他對「小說」歷史「三變」的描述，則是合乎事實的。單篇傳奇自唐入宋以後，從談情寄懷轉向演義古事，愈來愈通俗化了。

15　葉瑛校注：《文史通義·詩話》，中華書局 1994 年版，第 560、561 頁。

第一章　理學與宋元明傳奇小說的走向

第二章

宋代傳奇小說

第二章　宋代傳奇小說

第一節
《太平廣記》的編撰與史傳化的傳奇

　　趙匡胤黃袍加身，以宋代周，先後滅掉割據一方的後蜀、南唐等諸國，統一了國家。立國之初，即興文治，宋太宗太平興國二年（西元九七七年）敕令編纂《太平廣記》，監修者李昉（西元九二五至西元九九六年）歷仕後漢、後周兩朝，其他的監修者如徐鉉（西元九一七至西元九九二年）曾仕南唐，吳淑（西元九四七至西元一○○二年）也是南唐降宋之臣，朝廷用前朝歸順之臣從事大型類書的編撰，亦有控制和籠絡群臣的用意。明代談愷刻本《太平廣記》按語云：

> 按宋太平興國間，既得諸國圖籍，而降王諸臣，皆海內名士，或宣怨言，盡收用之，置之館閣，厚其廩餼，使修群書。以修文御覽、藝文類聚、文思博要，經史子集一千六百九十餘種，編成一千卷，賜名《太平御覽》。又以野史傳記小說諸家，編成五百卷，分五十五部，賜名《太平廣記》，詔鏤板頒行。言者以《廣記》非後學所急，收板藏太清樓。於是《御覽》盛傳，而《廣記》之傳鮮矣。[01]

　　本書收錄了宋代以前大量的文言小說，若沒有這部書，唐代和唐前的許多文言小說大概就佚亡了。羅燁《醉翁談錄》說，當時「說話」藝人必須「幼習《太平廣記》」，代表它不僅直接

01　《太平廣記》卷首，中華書局 1961 年版。

第一節　《太平廣記》的編撰與史傳化的傳奇

影響傳奇小說的創作，而且也為通俗小說、戲曲提供了豐富的靈感和素材。《太平廣記》也錄有少量的宋初作品，但其主體是宋前小說，即便如此，它的編纂成書，仍是宋代在小說史上不可磨滅的貢獻。

宋代史傳化的傳奇，初有樂史之〈綠珠傳〉和〈楊太真外傳〉。樂史（西元九三〇至西元一〇〇七年），字子正，號南陽生。撫州宜黃（今屬江西）人。曾仕南唐為祕書郎，歸宋為平原主簿。太平興國五年（西元九八〇年）以現任官舉進士，太宗惜科第而未與，但授諸道掌書記，後賜進士及第。上書言事，擢為著作佐郎，知陵州。真宗咸平初（西元九九八年）遷職方員外郎、直史館，後出掌西京磨勘司，改判留司御史臺。景德四年（西元一〇〇七年）卒[02]。所著以史學為多，存世者僅《太平寰宇記》二百卷、《廣卓異記》二十卷及傳奇小說二篇。

〈綠珠傳〉，《郡齋讀書志》傳記類著錄，題「皇朝樂史撰」。宋人晁載之《續談助》卷五抄錄其前半，跋云：「右鈔直史館樂史所撰〈綠珠傳〉。史獨精地理學，故此傳推考山水為詳，又皆出於地志雜書者也。」《說郛》卷三十八錄有全文。

綠珠之事蹟見於《世說新語·仇隙第三十六》，梁劉孝標注引干寶《晉紀》曰：「石崇有妓人綠珠，美而工笛，孫秀使人求之。崇別館北邙下，方登涼觀，臨清水，使者以告，崇出其婢

02　參見《宋史》第二十九冊卷三〇六〈樂史本傳〉，中華書局 1977 年版，第 10111、10112 頁。

第二章　宋代傳奇小說

妾數十人以示之，日：『任所以擇。』使者日：『本受命者，指綠珠也。未識孰是？』崇勃然日：『綠珠吾所愛，不可得也！』使者日：『君侯博古知今，察遠照邇，願加三思！』崇不然。使者已出，又反，崇意不許。」[03]綠珠的故事一直盛傳民間，唐代張鷟《朝野僉載》卷二記喬知之的寵姬碧玉被武承嗣所奪，喬知之作〈綠珠怨〉詩寄碧玉，碧玉讀詩投井自盡，而喬知之也被武承嗣殺害。詩有「石家金谷重新聲，明珠十斛買娉婷……百年離恨在高樓，一代容顏為君盡」[04]之句。樂史乃據史料敷衍成篇，有所發明的是對綠珠故里、石崇別廬所在的金谷的地理考證，寫石崇制〈明君曲〉、〈懊惱曲〉以顯出對綠珠的寵愛。而引牛僧孺〈周秦行紀〉以及張鷟《朝野僉載》關於碧玉的記載，諸如此類文字，則有枝蔓之嫌。篇末又強調撰寫之宗旨在於懲戒那些朝三暮四、唯利是圖，節操不若綠珠婦人之人。全篇直接描述綠珠的篇幅十分有限，作者仿佛是拿綠珠以及綠珠式的婦人窈娘（張鷟所稱「碧玉」）為實例以論證他的主旨，重於邏輯而輕形象，就小說藝術而論，實無足稱道。

〈楊太真外傳〉是樂史的另一篇傳奇。《郡齋讀書志》傳記類著錄為二卷，題〈楊貴妃外傳〉；《直齋書錄解題》傳記類著錄為一卷，題〈楊妃外傳〉。作品見於《顧氏文房小說》和《說郛》卷三十八。此篇亦如〈綠珠傳〉，是綴合多種正史、野史和

03　徐震堮：《世說新語校箋》，中華書局 1984 年版，第 493 頁。

04　《隋唐嘉話・朝野僉載》，《唐宋史料筆記叢刊》，中華書局 1979 年版，第 31 頁。

筆記關於楊貴妃的記載而成。不過,用文學體裁寫楊貴妃,樂史並不是第一人,唐代詩人白居易作有〈長恨歌〉,陳鴻為此詩作傳,寫傳奇小說〈長恨歌傳〉。〈長恨歌傳〉只是用小說敘事方式複述了〈長恨歌〉的故事,對於〈長恨歌〉在內容上不但沒有創新之處,反而稍稍偏離白居易抒「情」的主旨,加強了懲戒的說教色彩。〈楊太真外傳〉則在〈長恨歌傳〉的基礎上,用這個故事昭示世人:唐玄宗寵愛楊貴妃,尊卑混亂,荒怠朝政,國未有不亡之理。其主旨距離白居易〈長恨歌〉抒發的「天長地久有時盡,此恨綿綿無絕期」的千古悲情已經相當遙遠了。

此篇題名「外傳」,當然是於正史之外,摭採遺聞逸事作傳,在蒐集楊貴妃的遺聞逸事方面,亦有它的貢獻。它寫唐玄宗對楊貴妃的恩寵,除了楊氏一門雞犬升天之外,還寫楊貴妃兩次忤旨被放逐,兩次放逐後唐玄宗均寢食不安,復詔令還宮,寵愛愈益牢固。這種曲折反復,表現了唐玄宗對楊貴妃的須臾不可分離的深情,同時也凸顯了唐玄宗作為帝王因情而廢禮的荒嬉。這段情節在〈長恨歌傳〉中是沒有的。此篇與唐代〈長恨歌傳〉相比,更接近史傳。篇末綴以「史臣曰」,完全效仿司馬遷《史記》之「太史公曰」,說明作者確以傳記為之。

宋代史傳化的傳奇還有秦醇的〈驪山記〉、〈溫泉記〉、〈趙飛燕別傳〉。秦醇的社會地位要比樂史低得多,史上無名,生平不詳,只知道他字子復(一作履),譙郡(今安徽亳州)人。生活年代較樂史要晚許多。

第二章　宋代傳奇小說

　　〈驪山記〉和〈溫泉記〉都是寫楊貴妃逸事的傳奇作品,兩篇前後銜接,前篇敘張俞遊驪山,訪知楊貴妃逸事;後篇敘張俞神游溫泉,與楊貴妃同浴共飲之豔遇。〈驪山記〉收錄在劉斧《青瑣高議》前集卷六,未署撰人,然同載於《青瑣高議》前集卷六的〈溫泉記〉署撰為「亳州秦醇子履」,〈溫泉記〉開頭即說「西蜀張俞再過驪山」,分明接續在〈驪山記〉之後,為同一作者所撰,故斷〈驪山記〉作者亦為秦醇。兩篇作品中的人物張俞,《宋史》本傳說他「樂山水,遇有興,雖數千里輒盡室往」,其妻誄文亦稱他寄情於山水,不屑於功名利祿[05]。作者寫他游驪山,訪老叟求古遺事,得楊貴妃之奇聞,似乎十分可信。

　　〈驪山記〉全篇由張俞與田翁對話組成,張俞遊驪山訪田翁,田翁出示所藏「驪山宮殿圖」,按圖指示宮殿建築庭園,隨即敘說宮中遺事,遺事中以楊貴妃與安祿山的私情為主,唐玄宗反倒處於次要角色,這一點與〈長恨歌傳〉、〈楊太真外傳〉渲染表現玄宗和貴妃情愛迥然不同。祿山以貴妃之子的身分流連宮內,「日與貴妃嬉遊」,竟「引手抓貴妃胸乳間」,貴妃出浴梳妝微露一乳,玄宗詠乳「軟溫新剝雞頭肉」,祿山對曰「潤滑初來塞上酥」,如此背離倫理之豔事,竟發生在宮闈之內、玄宗眼前,實難以想像其真實性。此篇把安祿山叛亂的原因歸結於此,楊國忠阻隔安祿山與貴妃私情,安祿山由是興兵欲殺國

05　參見《宋史》第三十八冊卷四五八〈隱逸中〉,中華書局 1977 年版,第 13440、13441 頁。

忠，「並見貴妃敘吾別後數年之離索，得回住（《類說》本作「同歡」）三五日，便死亦快樂也」。此篇與〈楊太真外傳〉相比，史傳色彩已淡薄，小說味道濃厚，故後世小說戲曲多採納之。

秦醇作〈驪山記〉似意猶未盡，又作〈溫泉記〉，敘張俞再遊驪山，宿於溫湯市邸，入寐後魂被太真妃召入蓬萊仙宮，與太真妃共浴，而不同池，同寢而不共榻，太真妃謂：「吾召子無他意，欲少詢子人間一兩事耳。」一問今之婦人首飾衣服如何，一辨與安祿山之私情，「事繫天理，非子可知，幸無見詰」。清晨別離，太真妃贈以百合香器，張俞夢中驚起，香器赫然在目。此篇以張俞兩首七絕開頭，其二有「不防野鹿逾垣入，銜出宮中第一花」句，與〈驪山記〉中「野鹿游宮」暗喻安祿山私會太真妃情節相合。此篇構思來源於唐傳奇〈周秦行紀〉、〈異夢錄〉、〈秦夢記〉等神遊豔遇作品，略無新意。

秦醇還有《趙飛燕別傳》一篇，見載於《青瑣高議》前集卷七。作者稱乃據舊本編次而成：「余里有李生，世業儒。一日，家事零替，余往見之。牆角破筐中有古文數冊，其間有〈趙后別傳〉，雖編次脫落，尚可觀覽。余就李生乞其文以歸，補正編次以成傳，傳諸好事者。」此話胡應麟信以為真 [06]，不知是秦醇故弄玄虛。趙飛燕、合德姐妹事，前人津津樂道者不少，正史且不論，野史筆記就有《西京雜記》、《世說新語》、《拾遺記》

06　胡應麟：《少室山房筆叢》卷二十九〈九流緒論下〉，上海書店出版社 2001 年版，第 284 頁。

等，而尤以託名伶玄的〈趙飛燕外傳〉為詳，唯不見有〈趙后別傳〉的存在。秦醇作〈趙飛燕別傳〉摭拾了〈趙飛燕外傳〉等野史筆記的記載，則是事實。此篇重在描述趙飛燕姐妹在宮中爭寵之穢事，較之託名伶玄的〈趙飛燕別傳〉，多出合德死後化為巨黿的報應結果，文字不再古奧而已。

除歷史題材的作品外，秦醇尚有現實題材的作品〈譚意哥記〉，見《青瑣高議》別集卷二。此篇寫士人與妓女的情愛離合，不似〈霍小玉傳〉那樣的悲劇，結局雖如〈李娃傳〉那樣美好，但女主人公卻無李娃助夫成名的作為，譚意哥只是一位才華超群而又崇奉禮法的妓女，她自知地位鄙陋，與出身名家的情人不相匹配，儘管已為情人生子，亦不敢奢求婚姻，閉戶教子，唯端潔以全其素志而已。她最後與情人結為眷屬，乃因多年禮義之行而獲得社會的認可。此篇渲染譚意哥的才情，但主旨還在宣揚禮教。

第二節
《青瑣高議》與世情類傳奇小說

《青瑣高議》前後集十八卷是北宋後期劉斧編纂的一部小說集，前所論到的〈驪山記〉、〈溫泉記〉、〈趙飛燕別傳〉、〈譚意哥記〉等均輯錄在本書中。劉斧生平事蹟不詳，據孫副樞（沔）〈青瑣高議序〉署「資政殿大學士孫副樞」，且序文中有「劉斧

秀才自京來杭謁予」之句，《宋史》載孫沔以樞密副使、資政殿
學士知杭州在宋仁宗至和三年（西元一○五六年），則劉斧在此
年《青瑣高議》已有規模，其書後集卷二有〈司馬溫公〉條，司
馬光獲贈「溫國公」在宋哲宗元祐元年（西元一○八六年），說
明全書定稿已在孫沔寫序的三十年之後。《青瑣高議》並不是劉
斧個人的小說專集，其中有劉斧的作品，但有相當數量是編撰
他人的作品。該書體例駁雜，有傳奇、志怪，也有雜錄，基本
是宋人的作品。編者很有可能受到《太平廣記》的影響，編纂一
部類似《太平廣記》的當代的小說集。此集保存了許多北宋的傳
奇、志怪，功不可沒。劉斧自撰的作品也有可觀者[07]，如〈朱蛇
記〉敘李元在江邊救活一條朱蛇，朱蛇乃南海安流王之子，大王
為報此恩，以雲姐嫁之，雲姐則助李元榮登科第。此篇一再被
戲曲小說改編，元雜劇有〈朱蛇記〉，《清平山堂話本》有〈李
元吳江救朱蛇〉，《古今小說》有〈李公子救蛇獲稱心〉等。

　　宋人傳奇中寫妓女的作品不少，前已敘及的秦醇〈譚意哥
記〉可為代表，與唐代傳奇的同類作品相比，作者稱頌的不是
情，而是禮和才。再如〈甘棠遺事〉的溫琬，以一娼婦，熟讀
《孟子》而能解究其義，節操廉恥、賢慧儒雅，非達士君子所能
及。〈盈盈傳〉中的盈盈，容豔才高，出類拔萃，死後為仙女掌
奏牘，「予」（作者王山自謂）為盈盈所動，唯在其高情妙翰而

07　參見李劍國輯校《宋代傳奇集》（中華書局 2001 年版）所收劉斧作品。

第二章　宋代傳奇小說

已。蘇舜卿〈愛愛歌序〉中的錢塘妓女愛愛為情人守節,「感疾而死」。這類作品為妓女立傳,其旨意均在彰顯禮教,宣傳禮教中的婦德。

重在寫情而有「才子佳人」色彩的作品,如柳師尹的〈王幼玉記〉和無名氏的〈張浩〉。〈王幼玉記〉見於《青瑣高議》前集卷十,撰者柳師尹,安利軍衛縣人,生平不詳。此篇敘衡陽歌妓王幼玉與東都士人柳富的戀情,兩人一見鍾情,王幼玉對柳富說:「子有清才,我有麗質,才色相得,誓不相捨,自然之理。」然而柳富因親老族重,俗事纏身,不能如約與幼玉相會,幼玉思念成疾,憂鬱而死。篇中記有柳富幼玉長歌等詩詞,情節雖不算曲折,但情感亦幽怨感人。〈張浩〉敘張浩與鄰家李氏之女花下相逢,兩人詩歌傳情,私訂終身,但張浩不敢拒叔父之命與他人約婚,李氏以死相搏,府尹作伐,終成兩情之好。故事前半段,與〈鶯鶯傳〉頗有相類之處。此篇女主人公的勇烈與男主人公的軟弱形成鮮明對比,在男尊女卑的禮教社會,女子對愛情婚姻自由的追求遠甚於男子,在李氏看來,愛情是她生命的全部,對於張浩,與李氏的相愛也許只是一場刻骨銘心的豔遇而已。

〈流紅記〉是一篇描寫匪夷所思的婚戀的傳奇。作者張實,字子京,北宋前期人。此篇見於《青瑣高議》前集卷五。紅葉題詩是唐代有名的傳說,范攄《雲溪友議》卷十、孟棨《本事詩‧

50

情感》均有載。它也是宋人喜歡談論的故事，常用作詩詞的典
故，如晏幾道〈虞美人〉有「一聲長笛倚樓時，應恨不題紅葉寄
相思」句，又〈訴衷情〉有「詩成自寫紅葉，和淚向東流」句，
張孝祥〈滿江紅〉則有「紅葉題詩誰與寄，青樓薄幸空遺跡」
句，等等。相比唐人文字，〈流紅記〉敘述得更加宛轉，增飾了
更多的細節。唐僖宗時儒士于祐，偶於御溝拾得一片紅葉，上
題詩曰「殷勤謝紅葉，好去到人間」（詩句出自《雲溪友議》），
知是宮女所作，遂予寶藏，思念以致眠食俱廢，遭友人嘲笑。
于祐於紅葉上題詩贈答，投於御溝上游，以流入宮中。此舉亦
被人傳為笑談。于祐累舉不捷，落拓之際，竟然有貴人為他作
伐，其女子乃是被遣出禁庭的宮女韓夫人，而韓夫人竟是題詩
紅葉的作者，她也拾得于祐題詩的紅葉。此佳話傳至僖宗耳
中，于祐由是得官。一片題詩的紅葉成為一個美好婚姻的良
媒，簡直就是神話。但長期被禁錮在深宮的女子，青春逝去，
容顏衰悴，借流出宮禁的紅葉抒發胸中的鬱悶和哀怨，卻十分
真實。此篇在藝術上並無創造，宋傳奇利用舊文翻新製作，是
並不稀見的現象。儘管〈流紅記〉在小說藝術上無甚建樹，但紅
葉題詩的故事經它敷衍之後，影響更大，戲曲搬演者就有元代
雜劇白樸的〈韓翠顰御水流紅葉〉等。

　　北宋前期錢易（西元九六八至西元一○二六年）有〈桑維
翰〉、〈烏衣傳〉、〈越娘記〉等作品傳世，與樂史、秦醇都是當

第二章　宋代傳奇小說

時知名的小說家。〈桑維翰〉載《青瑣高議》後集卷六，敘桑維翰發跡位居高官後，肆意殘害當年與他有隙的舊人，結果自己也遭報應。所要表達的思想，如劉斧將它編入《青瑣高議》後集卷六於篇末所議：「桑公居丞相之貴，不能大其量。以疇昔言語之怨，致人於必死之地，竟召其冤報，不亦宜乎！」桑維翰褊狹狠毒當然應予譴責，然而權力無所約束的社會現實，則更當引以深思，由天帝出面實施懲罰，大概也是作者在現實面前一種無可奈何的宣洩。〈烏衣傳〉載《青瑣高議》別集卷四，以劉禹錫〈烏衣巷詩〉為想像的基點，「朱雀橋邊野草花，烏衣巷口夕陽斜。舊時王謝堂前燕，飛入尋常百姓家」，由是虛構了一個烏衣國，姓名為王榭之航海商人渡海被風浪送入烏衣國，與妙齡美女成婚，後返回故里，才發現烏衣國即燕子國。作者顛倒因果，反說劉禹錫〈烏衣巷〉詩是記述了這段佳話，遊戲筆墨而已。寫得較有特色的是〈越娘記〉，見載於《青瑣高議》別集卷三。此篇敘楊舜俞於荒野中投宿一第舍，主人乃一絕色婦人，自稱越娘，死於戰亂，埋骨於此，希求移骨安葬。楊舜俞如越娘所請，按禮法遷葬。越娘感激舜俞，人鬼生情，竟愛若夫妻。然舜俞拒不接受越娘人鬼殊途、陰將損陽的警告，遂消瘦臥病，越娘於是與其斷絕來往。舜俞愛極生恨，伐其陵墓，又請道士作法，使越娘不勝其苦，越娘痛斥舜俞本有葬骨之義，卻及於亂而又加禍害，非君子而為小人也。人鬼戀是小說的一

個母題，《列異傳》有〈談生〉，《搜神後記》有〈李仲文女〉，皆寫得哀怨感人，此篇前半部分，越娘傾訴其悲慘遭遇，凸現出五代十國末及宋初戰亂中百姓苦難的真實情形，人鬼相愛，其情亦有動人之處，但後半部分掘墓作法之舉，使人鬼情大變其味。作者如此處理，乃是出於幽冥異道，人鬼相遇兩不利的理念，批評舜俞不適於理。

〈王魁傳〉寫妓女桂英化為厲鬼懲處負義情人王魁的故事，是一篇頗有影響的作品。見載於《醉翁談錄》辛集卷二。王魁與萊州妓女王桂英兩情相悅，王魁囊無寸金，桂英出己儲蓄供養以博功名，王魁盟誓永不相負，「若生離異，神當殛之」。後來王魁擢第，嫌桂英娼妓低賤，背盟棄之。桂英憤而自刎，鬼魂追討王魁奪命。唐傳奇〈李娃傳〉的李娃助落難的滎陽公子成名，成為秦晉之偶，且被封為汧國夫人，情節雖然演繹得合情合理，但終歸沒有普遍性；〈王魁傳〉的情節較〈李娃傳〉簡單得多，也缺少〈李娃傳〉那樣動人的場面和細節描寫，人物刻劃也不及〈李娃傳〉傳神細膩，但王魁發跡便忘恩負義，桂英的悲慘結局，卻有典型意義。封建等級制度以及相應的人們的尊卑名節觀念，是不會給桂英這類人翻身的機會的。桂英化為厲鬼復仇，只是給讀者精神的慰藉而已。正因為其故事在現實生活中的普遍性，民間傳誦熱絡，戲曲和白話小說多有改編，元雜劇有〈王魁負桂英〉、〈海神廟王魁負桂英〉等，話本小說則有〈王

魁負心〉等，或者可以說，〈王魁傳〉在民間的影響要勝於〈李娃傳〉。

王魁或有其人，李獻民《雲齋廣錄》卷六〈王魁歌並引〉云：「故太學生王魁，嘉祐中行藝顯著，藉藉有聲，先丞相文公愛其美才，奏賦宸廷，為天下第一。中間坎失志，情隨物遷，遂欲反正自持，投跡功名之會，而卒致妖孽，以殞厥身，可勝惜哉！賢良夏噩嘗傳其事，余故作歌以傷悼之云爾。」李獻民是同情王魁的，他認為王魁斷絕與娼妓的關係是「反正自持」，所持是傳統觀念立場，這從另一方面證明桂英悲劇的必然性。事實上，戲曲為王魁負心翻案者並有之，如明楊文奎〈王魁不負心〉、明王玉峰〈焚香記〉、無名氏〈桂英誣王魁〉等。李獻民指〈王魁傳〉為夏噩所作，夏噩字公酉，越州會稽（今浙江紹興）人。〈王幼玉記〉敘及夏噩游衡陽曾作詩贈幼玉，稱幼玉「一朝居上苑，桃李讓芳馨」，是一位熟知青樓的文士。

〈孫氏記〉記一節義之婦，此婦又不同於一般稱頌的節烈之女，此篇見載於《青瑣高議》前集卷七，署寺丞丘濬撰。丘濬字道源，歙州黟縣人，仁宗天聖五年（西元一○二七年）進士，官至殿中丞。所記之孫氏，豔麗妙齡，而丈夫張復年過五十，以教授閭巷小童為生，老夫少妻貧寒度日。孫氏患病無錢醫治，張復延請頗懂醫術的鄰居周默診治，周默官居常州宜興簿，喪妻不久，見到病榻上的孫氏即生愛念，治癒之後，多方挑逗，

孫氏始終不為所動。三年後周默訪知其夫已死，乃遣媒通好，遂成夫妻。孫氏婚後，知周默為官不仁，即以死相諫，令丈夫從此幡然改過。所生二子皆舉進士成名。此篇描寫孫氏婉拒周默追求，言辭外柔內剛，拒絕而又包容，絕不讓對方難堪，成婚之後坦露心跡，孫氏當初並非心如鐵石，其複雜的心理是寫得比較真實和成功的。〈孫氏記〉旨在為一位節義之女立傳，但它寫的節義之女卻不概念化。

第三節 《夷堅志》與南宋傳奇小說

傳奇小說至南宋漸次消歇，但卻出現了卷帙浩繁的小說集《夷堅志》。編撰者洪邁（西元一一二三至西元一二〇二年），字景盧，號容齋、野處，諡文敏。饒州鄱陽（今江西鄱陽）人。紹興十五年（西元一一四五年）中博學宏詞科，賜同進士出身，歷任知州、中書舍人兼侍讀、直學士院、端明殿學士等職，並兼修國史，文名滿天下。《宋史》有傳。[08] 洪邁博極群書，著述頗豐，除《夷堅志》外，《容齋隨筆》亦享有盛名。《夷堅志》分初志、支志、三志、四志，每志分十集，按甲乙丙丁順序編次，然原本散佚較多，至今輯佚和辨偽的工作從未休止。洪邁編撰《夷堅志》繼承了志怪傳統。《列子・湯問》云：「有魚焉……其名為鯤；有鳥焉，其名為鵬……世豈知有此物哉？大禹行而見

---

08 《宋史》第三十三冊卷三七三，中華書局 1977 年版，第 11570—11574 頁。

第二章　宋代傳奇小說

之，伯益知而名之，夷堅聞而志之。」夷堅，傳說中的古博物者。洪邁書名清楚地表達了他搜集編撰神奇荒怪的宗旨和編書的內容。他在〈夷堅支癸序〉中說，小說類「《唐史》所標百餘家，六百三十五卷，班班其傳，整齊可玩者，若牛奇章、李復言之《玄怪》，陳翰之《異聞》，胡璩之《談賓》，溫庭筠之《乾》，段成式之《酉陽雜俎》，張讀之《宣室志》，盧子之《逸史》，薛漁思之《河東記》耳，餘多不足讀。然探賾幽隱，可資談暇，《太平廣記》率取之不棄也」[09]。《夷堅志》上承前人志怪，作者十分明確。

　　洪邁編撰《夷堅志》傾注了極大的心血，自紹興十三年（西元一一四三年）開筆，大約至嘉泰二年（西元一二〇二年）完成全書，前後約六十年。[10]他堅持「夷堅聞而志之」的原則和方法，如〈夷堅支丁序〉所言，「《夷堅》諸志，皆得之傳聞，苟以其說至，斯受之而已矣」[11]。唐以及唐前志怪傳奇，多出自公卿大夫，記錄的是貴族士大夫圈子中的傳聞談資，洪邁自覺地突破這個圈子，只要是神奇鬼怪之事，不論是當世賢卿大夫，還是「寒人、野僧、山客、道士、瞽巫、俚婦、下隸、走卒，凡以異聞至，亦欣欣然受之，不致詰」[12]。這樣編撰成書，不免有妄人

09　何卓點校：《夷堅志》第三冊，中華書局 1981 年版，第 1221 頁。

10　詳見李劍國《宋代志怪傳奇敘錄》，南開大學出版社 1997 年版，第 347—349 頁。

11　何卓點校：《夷堅志》第三冊，中華書局 1981 年版，第 967 頁。

12　何卓點校：《夷堅志》第二冊，〈夷堅丁志序〉，中華書局 1981 年版，第 537 頁。

取舊書舊事改竄首尾別為名字投之，亦徑此入錄，失去志怪本
意，然而瑕不掩瑜，由於博採眾說，使南宋一代的志怪異說盡
收一書之中。駁雜或有之，其卷帙之浩瀚，其他志怪書無有出
其右者。也正因為洪邁所錄不囿於賢卿大夫見聞的圈子，書中
記述了大量市井傳聞，有人批評它「敘事猥褻，屬辭鄙俚」[13]，
但從文學意義的小說角度看，則正是它優於傳統志怪書之處。
事實上，它的許多篇什都被話本小說據以演繹，《醉翁談錄·小
說開闢》就曾說過，說話藝人尤務多聞，《太平廣記》、《夷堅志》
「無有不覽」，它與「說話」以及後世的話本小說的距離，較之以
往的志怪書要接近得多。

　　《夷堅志》早稱志怪書，其實是志怪傳奇兼有，內容也並不
盡是鬼神之事，後世有重編本按故事類型分有忠臣、孝子、節
義、陰德、陰譴、禽獸、冤對報應、幽明二獄、欠債、妒忌、
貪謀、詐謀、騙局、姦淫、妖怪、宴婚、嗣息、夫妻、神仙、
釋教、淫祀、神道、鬼怪、醫術、雜藝、妖巫、卜相、夢幻、
奇異、精布、墳墓、設醮、冥官、善惡、僧道惡報、入冥等若
干門，可知其內容之駁雜。作者搜羅的傳聞，基本上都是宋朝
近事，強調「耳目相接，皆表表有據依」[14]，為此常常於篇末注

13　周中孚：〈鄭堂讀書記〉，轉引自侯忠義編《中國文言小說參考資料》，北京大學出
　　版社 1985 年版，第 434 頁。

14　〈夷堅乙志序〉，《夷堅志》第一冊，中華書局 1981 年版，第 185 頁。

明傳聞來源，有的甚至直接錄自他人之書[15]，也因此一般不加潤色。

　　《夷堅志》所記神道鬼怪故事甚多，其中人鬼戀較有特色。宋代人認為人與鬼接觸，必為陰氣所侵，若不救治定有死亡之虞。前已有敘北宋錢易之〈越娘記〉，楊舜俞與女鬼越娘相戀，陽氣損耗，形銷骨立，幾近於死，得道士作法，方驅走越娘幽鬼，保得性命。《夷堅志》寫人鬼戀的如〈吳小員外〉（《夷堅甲志》卷四）、〈西湖女子〉（《夷堅支甲》卷六），大抵也屬此類型，只是不及〈越娘記〉描寫得細膩。〈越娘記〉的越娘與楊舜俞相遇時已是幽鬼，而〈吳小員外〉的金明池上當壚女以及〈西湖女子〉的西湖女卻是人間明豔動人的少女，都是愛上邂逅的男主人公又不得遂願，悒怏而死，死後以幽鬼與男主人公合歡，以致男主人公瀕於死亡。〈吳小員外〉得皇甫法師寶劍斬殺幽鬼，遂重獲生機；〈西湖女子〉的幽鬼則以服食「平胃散」相囑，使男主人公起死回生。吳小員外貪戀的是肉身之淫，一旦有生死之虞即揮劍砍殺對方，與〈越娘記〉的楊舜俞同為薄情寡義的浪蕩公子，他們與幽鬼的癡心形成鮮明的對比。《警世通言》卷三十〈金明池吳清逢愛愛〉據〈吳小員外〉改編，敘吳小員外用劍砍的不是幽鬼，而是客店小廝，幽鬼授他兩粒金丹，一粒

15　洪邁在〈夷堅支庚序〉中說：「鄉士吳潦（當作澻）伯秦，出其乃公時軒居士昔年所著筆記，剟取三之一為三卷，以足此篇。」見《夷堅志》第三冊，中華書局 1981 年版，第 1135 頁。

使他元神復舊，一粒讓他娶得美貌嬌妻，他感激幽鬼之恩，特隆重改葬了當壚女，故事變成了一個大團圓的佳話。〈胡氏子〉（《夷堅乙志》卷九）的情節卻另闢蹊徑，胡氏子與通判之女的鬼魂相戀，胡氏子由是精爽消鑠，飲食益損，父母察之，囑其子強使幽鬼用餐，幽鬼不得已舉箸，父母突入，幽鬼欲避而形不能隱，竟還魂為人，與胡氏子成為人間夫婦。鬼魂舉箸用餐即還魂為人，這樣機變在此前志怪尚不見有記載。敘鬼魂復仇的〈太原意娘〉（《夷堅丁志》卷九）、〈滿少卿〉（《夷堅志補》卷十一）寫得較有特色。〈太原意娘〉敘宋金戰爭中韓師厚妻意娘被金兵所擄，義不受辱，引刀自刎，其魂在燕山酒樓之題詩被韓師厚表弟發現，遂告知作為宋朝使臣來燕山的韓師厚，韓知意娘已死，表弟所見乃鬼魂矣。於是尋覓到意娘葬處，作文祭酹，要將遺骨攜南安葬，意娘出現說：「然從君而南，得常常善視我……君如更娶妻，不復我顧，則不若不南之愈也。」韓師厚誓不再娶。攜骨南歸後，韓師厚初時臨視甚勤，數年後背棄誓言再娶，疏於祭掃，意娘托夢怒斥其違誓，韓師厚愧怖病卒。後有沈氏《鬼董》卷一〈張師厚〉對此傳說有所補充，增加韓師厚（《鬼董》作「張師厚」）所續娶劉氏阻撓悼亡，並將意娘（《鬼董》作「懿娘」）遺骨投入江中，又毀其祠堂，鬼魂乃有復仇之舉。《鬼董》說「《夷堅丁志》載『太原意娘』，正此一事。但以意娘為王氏，師厚為從善，又不及劉氏事。案此新奇

第二章　宋代傳奇小說

而怪，全在再娶一節，而洪公不詳知。故覆載之，以補《夷堅》之闕」。這是宋金戰亂中的一個悲劇，不過作者把重點放在了背棄誓言而自食惡果的方面。明代《古今小說》卷二十四〈楊思溫燕山逢故人〉乃據《夷堅志》和《鬼董》敷衍而成。〈滿少卿〉也是負心漢被鬼魂奪命的故事，其篇末云：「此事略類王魁，至今百餘年，人罕有知者。」北宋夏噩〈王魁傳〉之王魁所負者桂英為妓女，滿少卿所負者焦氏為良家女子，他們都是在困頓中得女子拯拔，滿少卿還與焦氏結成夫妻，誓言得到功名定當迎接妻子和丈人，但一當功成名就，便嫌棄妻子出身寒微，二十年將之拋在腦後，焦氏鬼魂遂復仇奪命。此篇被凌濛初改寫成話本〈滿少卿饑附飽颺，焦文姬生仇死報〉，編為《二刻拍案驚奇》卷十一。

因果報應的故事在《夷堅志》中也不少，〈毛烈陰獄〉（《夷堅甲志》卷十九）敘瀘州陳祈有幼弟三人，慮將來分家，便先將部分田地質於朋友毛烈，待分家之後再行贖回。後來陳祈解錢贖地，毛烈收錢卻藉故未當面還給質券，事後則一口咬定未曾收取贖金。陳祈告官，因手無證據，反以誣罔受杖，憤懣之極便祈求神靈。陰司將陳祈、毛烈及質田中人悉取入陰府，毛烈仍如在陽府一樣辯解，但業鏡再現當年毛烈賴帳情景，毛烈於是被打入地獄，受賄官吏均遭懲罰，陳祈終於拿回了質券，篇末注「杜起莘說，時劉夷叔居瀘，為作傳」。且文中記陰獄發生

在紹興四年四月，似乎並非虛擬。此篇被凌濛初改寫成話本小說，為《二刻拍案驚奇》卷十六〈遲取券毛烈賴原錢，失還魂牙僧索剩命〉。〈毛烈陰獄〉中業鏡再現當年場景，有如現今的錄影，頗有想像力。陳祈賫田起因是想多占家產，〈毛烈陰獄〉只寫他取回質券，而話本小說改寫時，卻添加了陰府夜叉用鐵棍點了他心窩，案結後因故而心痛不止，算是他欺心之報。

　　《夷堅志》寫人事的作品也不少，所展示的世相頗為豐富。〈湖州薑客〉記一樁公案，湖州賣薑小販與永嘉富人王生因交易發生爭執，王生動手將薑客打昏，良久復甦後，王生愧歉，酒食相待，並贈絹一匹。誰知薑客過渡時將此事講給船家聽，船家於是利用江上流屍詐稱是薑客，勒索王生。一點僕聞知其事，亦來訛詐，欲求未得滿足即舉報於官府，王生被逮病死於獄中。王生的冤屈，倘若不是薑客次年現身，則永遠不得昭雪。此篇意在敘述案發過程的奇特，對於官府斷案的昏暗沒有多使筆墨。凌濛初改寫成話本小說〈惡船家計賺假屍銀，狠僕人誤投真命狀〉（《初刻拍案驚奇》卷十一），對情節作了增飾和改動，描述王生愛女罹患痘症，令點僕延請醫生，點僕酒醉誤事，愛女沒得救治而夭折，王生悲恨交加，痛打他一頓，他遂到縣衙告發王生殺人。此外，又改寫王生在獄中未死，昭雪後一改暴躁脾氣，閉戶讀書，竟成進士。

　　〈蔡州小道人〉（《夷堅志補》卷十九）敘蔡州少年棋手以高

第二章　宋代傳奇小說

超棋藝勝過全國美女棋手，竟娶以為妻的故事。圍棋是古代相當普及的技藝，但以圍棋對弈為題材的小說，卻罕見，此篇可謂填補了一項空白。凌濛初據以改寫成〈小道人一著饒天下，女棋童兩局注終身〉（《二刻拍案驚奇》卷二）故事框架依舊，但補充描述甚多，已不是簡單的擴充，應該是一種再創作。

《綠窗新話》是南宋編輯的一部故事集，節引自宋代以及宋前的各種志怪、傳奇、詩話、雜傳，每條篇幅不大，僅著眼採錄故事梗概，又以七字為條目標題，兩條成一對偶，有可能是書會才人所編，作為素材供「說話」人演述之用。《醉翁談錄・小說開闢》說「引倬、底倬，須還《綠窗新話》」，也證明它與「說話」有著親密的關係。編者署「皇都風月主人」，真實姓名不詳。編者只是採集，如上卷之〈劉阮遇天臺女仙〉就注「出《齊諧記》」，〈裴航遇藍橋雲英〉就注「出《傳奇》」，等等。可以視之為文言小說與「說話」之間，橋樑形態的作品。

《醉翁談錄》是與「說話」關係更為密切的作品，編者署「廬陵羅燁」，它的甲集卷一〈舌耕敘引〉詳細記錄了南宋「說話」的門類、名目和組織等情況，是研究南宋「說話」珍貴的史料之一。本書按甲、乙、丙、丁、戊、己、庚、辛、壬、癸各集分類，如「私情公案」、「煙粉歡合」、「遇仙奇會」、「神仙嘉會」、「負心類」等，輯錄唐宋一些膾炙人口的傳奇作品，輯錄時進行部分文字改動，如〈李亞仙不負鄭元和〉採自〈李娃傳〉、〈王

魁負心桂英死報〉採自〈王魁傳〉等。輯錄這些故事，大概也如
《綠窗新話》是為「說話」提供素材。本書的價值主要還在它的
〈舌耕敘引〉部分，它與《東京夢華錄》、《都城紀勝》關於瓦舍
眾伎的記錄，都是宋代「說話」的重要史料。

　　無名氏〈李師師外傳〉出自清咸豐年間胡珽所刊《琳琅祕
室叢書》，此本琴六居士黃廷鑒跋云：「《讀書敏求記》云吳郡
錢功甫祕冊藏有〈李師師小傳〉，牧翁曾言懸百金購之而不獲見
者。偶聞邑中蕭氏有此書，急假錄一冊，文殊雅潔，不類小說
家言。」〈李師師外傳〉非〈李師師小傳〉，此言僅可備一說。
李師師是北宋名妓，與宋徽宗的風流韻事流傳甚廣，各種傳說
雜存，比如《宣和遺事》，著墨在宋徽宗與李師師原婿賈奕的情
敵糾葛，就與〈李師師外傳〉迥然不同。〈李師師外傳〉描繪的
李師師是一位嫻靜好潔、色藝絕倫的娼妓，韋妃問徽宗：「一個
娼妓，陛下何悅之如此？」帝曰：「無他，但令爾等百人，改豔
妝，服玄素，令此娃雜處其中，迥然自別。其一種幽姿逸韻，
要在色容之外耳。」、「幽姿逸韻」，既有外貌又具內涵，徽宗迷
戀這位青樓女子，不同於《宣和遺事》所寫，只是尋求宮外刺
激而已，在徽宗眼裡，六宮粉黛皆不及李師師。文中描述徽宗
本為宮外尋歡作樂，到鎮安坊李師師處，李姥迎至堂上，進奉
水果，既而供奉晚餐，卻不見李師師出來侍候。飯後，李姥又
請徽宗沐浴，囑曰：「兒性好潔，勿忤。」徽宗浴後進入師師臥

室，良久方見師師姍姍而來，且淡妝素服，並不施禮，沉靜之餘操琴彈奏，輕攏慢撚，流韻淡遠，徽宗馬上為之傾倒。這段文字從徽宗視角出發，頗有「千呼萬喚始出來，猶抱琵琶半遮面」的藝術效果。北宋傾亡，金國元帥欲佔有師師，師師脫金簪自刺其喉，不死，折而吞之，寧死而不事強虜，篇末評她「烈烈有俠士風」，而篇首說她出生已秉異質，有「佛弟子」之謂。本篇塑造的李師師，非同一般有情有義的娼妓，而是一位具有民族氣節的烈女，她自殺前怒斥張邦昌北面事虜的言辭，大義凜然，擲地有聲。李師師也許實有其人，南宋關於她的傳說甚多，《宣和遺事》記錄的是另一種版本，另劉克莊《後村詩話》前集卷二引劉屏山詩云：「輦轂繁華事可傷，師師重老過湖湘。縷衣檀板無顏色，一曲當時動帝王。」似乎南渡時李師師尚在，惜已「垂老」，則又是另一種版本。〈李師師外傳〉渲染李師師的民族氣節，在南宋朝廷偏安的背景下，顯然有所寄寓。

第四節　遼金小說

　　遼崛起於唐末、五代十國，是契丹民族在中原之北建立的王朝。在相當長的時間裡與北宋分庭抗禮。契丹模仿漢字創造了自己的方塊字，一般精通契丹字的文人，也大多通曉漢字。契丹深受中原漢文化影響。其貴族學習中原文學，也有吟詩作賦之風，但罕見有傳世之作。洪邁《夷堅志》記「契丹誦詩」曰：

「契丹小兒，初讀書，先以俗語顛倒其文句而習之，至有一字用兩三字者……如『鳥宿池中樹，僧敲月下門』兩句，其讀時則日『月明裡和尚門子打，水底裡樹上老鴉坐』，大率如此。」[16] 可見契丹語與漢語語法有所不同。遼朝沒有多少傳奇小說流傳下來，並不是奇怪的事情。

今存王鼎《焚椒錄》，實為一篇雜史，亦可視為傳奇小說。王鼎，涿州人，道宗時為翰林學士，為遼朝草擬典章，後升觀書殿學士。以怨望奪官，流放鎮州，後復職。卒於遼天祚帝耶律延禧乾統六年（宋徽宗崇寧五年，西元一一○六年），《遼史》有傳。《焚椒錄》描述道宗大康元年（宋神宗熙寧八年，西元一○七五年）耶律乙辛陰謀篡權，謀害宣懿皇后始末。宣懿皇后之子被立為太子，此年十八歲開始參預朝政，耶律乙辛視其母子為他擅權的最大障礙，勾結宮婢，偽造「十香詞」，誣告宣懿皇后與宮廷伶官趙惟一私通，宣懿皇后能作詩，善彈琵琶，屢召諸伶演奏，皇帝信以為實，族誅趙惟一，敕宣懿皇后自盡，太子誓言要報殺母之仇，亦成為耶律乙辛心腹之患，以除之而後快。作者稱頌宣懿皇后端麗婉順，為女中才子，全文錄其所作應制詩、〈回心院〉詞、〈懷古〉詩、絕命詞多首，此見文學之造詣，且因能詩善書，使皇帝深信「十香」淫詞出自她手，「假令不作〈回心院〉，則〈十香詞〉安得誣出後手乎？」王鼎在〈焚

16　洪邁：《夷堅志》第二冊，〈夷堅丙志卷十八〉，中華書局 1981 年版，第 514 頁。

第二章　宋代傳奇小說

椒錄序〉中稱自己是「直書其事，用俟後之良史」[17]，後來元代撰修《遼史》之《宣懿後傳》，極可能參據了此文。

金朝是長期居住在長白山和黑龍江流域的女真族建立的王朝，曾是遼朝的部族，後來發展壯大，屢敗遼朝，於宋徽宗政和五年（西元一一一五年）建立金朝。金朝聯合北宋擊破遼朝後，即成為北宋的最大威脅，於西元一一二七年滅亡北宋，與南宋對峙上百年。最後於西元一二三四年被蒙古滅掉。女真本有自己的民族語言，但在征服大片漢族地區之後，逐漸學會了漢語，接受了漢族的教育和風俗，朝廷雖然勒令貴族學習女真語，但實際流通的還是漢語。金朝據有漢文化繁榮的中原地區，與佔據北方一隅的遼朝不同，它的漢化程度遠遠超過了遼朝，文學上的成就也不是遼朝所能比擬的。它有本民族的作家，如以「中原天子」自任的金海陵王完顏亮，也有由遼入金和由宋入金的作家，詩文、戲曲和小說均有傳世之作。

小說作品以《續夷堅志》為代表。作者元好問（西元一一九〇至西元一二五七年），字裕之，號遺山，忻州秀容（今山西忻州）人，北魏鮮卑拓跋氏後裔。興定五年（西元一一二一年）舉進士登第，未就選。正大元年（西元一二二四年）被薦應鴻詞科入選，權國史院編修官。後轉任地方官，正大八年（西元一二三一年）奉詔赴京，仕為尚書省掾，不久除左司都事，

17　程毅中編：《古體小說鈔》（宋元卷），中華書局 1995 年版，第 590 頁。

金朝滅亡後，放懷詩酒，潛心著述，於蒙古憲宗七年（西元一二五七年）卒於獲鹿（今屬河北）寓舍。著有《遺山集》四十卷，所收除詩文外，有小說《續夷堅志》四卷。

《續夷堅志》，顧名思義，乃模仿洪邁《夷堅志》而作，以志怪為主，兼有敘述雜事者。元好問曾做過史官，參與過「實錄」的撰修，他作《續夷堅志》亦如洪邁，耳聞目見，如實記錄而已，無意於創作傳奇小說。書中各篇作品的篇幅均較短小，敘事簡略，不作鋪張藻飾，但也有可讀之作。

卷一之〈京娘墓〉敘王元老遇合女鬼京娘，在情節上頗有新意。人鬼戀在志怪傳奇中是常見的母題，此篇寫王元老在縣廨後圓遇見美女而相愛，事後方知其為女鬼，這故事不算稀奇，稀奇的是女鬼京娘知道王元老識破自己身分後，告訴王元老必定登科，且途中小有困厄，要他力疾而往，當在遼陽道中再見。王元老遵囑而行，荒野中霖雨泥淖，車軸斷折，在此兩百里無人煙處，忽然來了工匠為之修車，京娘亦現身，此即遼陽道中相見也。卷二之〈天賜夫人〉敘梁公肅年輕時與同窗們比試膽量，夜間進入閭山廟巡遊一周，此廟林木蔽映，多有靈怪之說，白天進去尚且毛骨悚然，何況深夜而往。梁公行至廟之東隅，摸索有一人倚壁而立，臆其為鬼，背負而出。取火一照，竟是一位美婦，婦人從昏迷中甦醒，自言是揚州大族之女，婚嫁途中被大風刮起，不知所至。梁公娶之為妻，人稱「天賜夫

人」。卷三之〈宮婢玉真〉敘一士人與鬼婦故宋宮人玉真相遇，玉真的詩、詞三首，真實地表達了一位宮女的喪國之痛。

第三章

元明傳奇小說的通俗化

第三章 元明傳奇小說的通俗化

第一節
中篇傳奇小說的開端──元代〈嬌紅記〉

　　南宋傳奇小說創作漸漸零落，佳作罕見，《夷堅志》彙集的志怪、傳奇作品數量巨大，其作品與「敘述宛轉，文辭華豔」（魯迅語）的唐代傳奇相比，只是故事梗概而已。受當時理學思潮的衝擊，士大夫對於藻思文采的傳奇小說漸行漸遠，洪邁雖然熱衷於街談巷議的小道，編撰《夷堅志》時也不能不以「實錄」標榜，避免落得撰寫無根之談的罵名。傳奇小說的文化地位明顯下移。

　　元代雜劇興起，傳奇小說寥寥無幾，影響最大的作品莫過於〈嬌紅記〉。明宣德十年（西元一四三五年）丘汝乘為劉兌（東生）雜劇〈新編金童玉女嬌紅記〉作序有云：「元清江宋梅洞嘗作〈嬌紅記〉一編，事俱而文深，非人莫能讀，余每恨不得如〈崔張傳〉，獲王實甫易之以詞，使途人皆能知也。」[18] 據之可知〈嬌紅記〉作者為元人宋梅洞。宋梅洞名遠，梅洞為號，江西清江人，生活在元代初期。曾與滕賓、周景等人交遊，于古洪題樟鎮華光閣志別，賦〈意難忘〉詞，見《元草堂詩餘》（據《全金元詞》）。此外，《元詩選》癸集之甲錄有宋遠詩二首。關於〈嬌

18 《古本戲曲叢刊初集》影印明宣德金陵積德堂刊本〈新編金童玉女嬌紅記〉卷首。

第一節　中篇傳奇小說的開端—元代〈嬌紅記〉

紅記〉作者，此後存在異說，成書在嘉靖年間的《百川書志》說是元人虞集（伯生），虞集是元代著名詩人，同時還是一位理學家，為文堅持韓愈古文傳統，絕不會創作〈嬌紅記〉這樣「語帶煙花」、「氣含脂粉」、「越禮傷身」[19] 的傳奇小說。明末所編《剪燈叢話》、《綠窗女史》又指為李詡，李詡（西元一五〇五至一五九三年）是明代嘉靖前後人，此說當然更不足信。

〈嬌紅記〉原刊本已佚，《百川書志》卷六〈小史〉著錄之「元儒邵庵虞伯生編輯，閩南三山明人趙元暉集覽」〈嬌紅記〉二卷也已亡佚，現存最早單行刊本為萬曆年間《新鍥校正評釋申王奇遘擁爐嬌紅記》二卷，署「元邵庵虞伯生編輯，閩武夷彭海東評釋，建書林鄭雲竹繡梓」；另有《嬌紅雙美全傳》不分卷，有二十個小標題，可能是據《花陣綺言》別出的清代刊本。〈嬌紅記〉問世後，明後期各種通俗類書如《花陣綺言》、《繡谷春容》、《燕居筆記》、《一見賞心編》、《情史》、《豔異編》、《剪燈叢話》等紛紛輯入，流傳極廣，影響甚巨。

〈嬌紅記〉描述的是一對青年男女的愛情悲劇。北宋宣和年間，成都書生申純科場不得意，往鄰郡舅父王家做客，見到表妹嬌娘，立即被她的美麗嫻雅打動，多次傳遞愛慕之意，嬌娘貌似無意，實則有情，雙方幾經試探，終於擁爐定情。然好事多磨，約會當晚被暴雨所阻，嬌娘私入申純臥室，恰逢申純沉

19　明高儒對〈嬌紅記〉的評語，見《百川書志》卷六〈小史〉，上海古籍出版社 2005年版，第 90 頁。

第三章　元明傳奇小說的通俗化

醉不醒。申純被家長召回，兩人離別而情意更深。申純再次來
到舅家，嬌娘主動約會申純，申純尚有畏縮之態，嬌娘變色曰：
「事至此，君畏何？人生如白駒過隙，復有鍾情如吾二人者乎？
事敗，當以死繼之。」[20] 兩情遂成歡好。申純回家，立即倩媒求
婚，但舅父以「朝廷立法，內兄弟不許成婚」為由，嚴詞拒絕。
申純由是傷感成疾，托故避邪，第三次入居舅家。兩人重敘歡
洽，但舅父之妾飛紅屢與申純謔狎，致使嬌娘懷疑申純用情不
專，申純在明靈大王祠與嬌娘設誓，兩人恩情更加深篤。飛紅
察之申純有意疏遠自己，便挾怨報復，在嬌娘母親面前揭穿了
兩人私情。申純不得不告別嬌娘，回家溫習舊業，博得功名後
再入舅家，舅母安之宅外，不得與嬌娘款狎。一鬼魂乘機化作
嬌娘與申純幽會，幸被飛紅識破，此時飛紅已與嬌娘交好，遂
驅逐了鬼魅，申純又移居宅內，兩人歡愛如初。舅父見申純已
得功名，復有完婚之意，可是帥府之子得知嬌娘麗質，乃以勢
逼婚，舅父拒之不得，遂許婚帥府。嬌娘於是憂鬱而殞，申純
聞訊亦自縊以殉。兩方家長悲痛自悔不已，將二人合葬江邊，
其墓有鴛鴦翻飛不去，後人名之曰「鴛鴦塚」。

　　〈嬌紅記〉描寫申純與嬌娘的愛情，與以往的傳奇小說相
比，當為十分細膩，且不乏傳神之處。申純思慕嬌娘，功名之
心盡釋，多次欲訴衷曲，嬌娘皆凝眸正色，略不介意。一次舅

20　〈嬌紅記〉引文據程毅中編《古體小說鈔》（宋元卷），中華書局 1995 年版。下不
　　再注。

母向申純勸酒，申純不勝酒力，嬌娘出言阻止，且借機「以目語生」曰：「非妾則兄醉甚矣。」嬌娘首次表露心跡，含情脈脈，不失大家小姐的風範。申純由此更加神魂顛倒，作詩填詞以傳情，嬌娘濡筆和韻，遂有「擁爐」定情之舉。當嬌娘主動夜半約會時，申純反而畏懼了，倒是嬌娘視愛情重於生死，為後來寧死不他嫁做了有力的伏筆。嬌娘的性格因這些細膩的描寫而鮮明生動。

在這場悲劇的戀愛中，「功名」顯得無足輕重。申純初因功名不就，鬱鬱之情難以排遣，見到嬌娘，「功名之心頓釋」，求婚遭拒後，在兄長勉勵下博得功名，但並不以功名為喜，不能釋懷的還是愛情，得嬌娘死訊，即殉情而逝。兄長曾勸他：「大丈夫志在四方，弟年少高科，青雲足下，而甘死兒女子手中耶？況天下多美婦人，何必如是？」申純執意不負嬌娘，視愛情重於功名、重於生命，這種士人形象在傳奇小說中是絕無僅有的。才子佳人戀愛的小說，「功名」往往是消解家長、社會阻撓婚姻的關鍵因素，是情節柳暗花明的轉捩點，此篇顯然不在這種公式裡。

〈嬌紅記〉從嬌娘與飛紅兩位女性名字中各取一字作為篇名，這種給小說取名的方式前所未有，具有開創性。後世《金瓶梅》取名及才子佳人小說如《玉嬌梨》、《平山冷燕》之類書名皆源於此。

第三章　元明傳奇小說的通俗化

　　〈嬌紅記〉篇幅長，約一萬八千字，穿插詩詞約六十首，其篇幅遠遠超過此前任何一篇傳奇小說。全篇中除了鬼魅糾纏申純一段略嫌枝蔓多餘之外，總體上敘事細密卻不拖逕，即使所穿插的妓女丁憐憐攪局，亦是情節中不可或缺的一環。受〈嬌紅記〉影響，篇幅與〈嬌紅記〉相埒的傳奇小說，如〈賈雲華還魂記〉、〈鍾情麗集〉、〈龍會蘭池錄〉、〈雙卿筆記〉、〈懷春雅集〉、〈花神三妙傳〉、〈尋芳雅集〉、〈天緣奇遇〉、〈劉生覓蓮記〉等，形成元明傳奇小說的一個新流派——中篇傳奇小說。〈嬌紅記〉是中篇傳奇小說體制的開創者。

　　像〈嬌紅記〉這樣「語帶煙花」，描寫「越禮傷身之事」的小說，當然不被「莊人」看好，但它在俗人那裡卻有無限的市場。〈賈雲華還魂記〉、〈鍾情麗集〉、〈尋芳雅集〉、〈劉生覓蓮記〉等小說中寫的女主人公都討論過〈嬌紅記〉，可見它的流傳已深入閨閣。而據它改編的雜劇、南戲，至少有七八種之多。[21] 傳奇小說由雅向俗轉變的過程中，〈嬌紅記〉具有里程碑的意義。

第二節　明初《剪燈新話》及其影響

　　宋代傳奇小說的選材重點偏向歷史，志怪書如《夷堅志》之類記神鬼怪異是它應有之義，傳奇小說作品多寫宮闈豔情，或寫民間小兒女私情，不太專一描寫神鬼虛幻世界。元代〈嬌紅

21　參見陳益源《元明中篇傳奇小說研究》第二章〈嬌紅記研究〉，香港學峰文化事業公司 1997 年版。

記〉寫現實愛情悲劇，且表現出傳奇小說由雅變俗的歷史發展趨勢。明初傳奇小說卻又有一變，《剪燈新話》是對傳奇小說通俗化的一次反動，它以唐代傳奇小說為楷模，重新去開拓鬼神世界。復古當然是不可能的，唐傳奇寫鬼神是言情，《剪燈新話》的作者瞿佑畢竟生活在宋元理學大盛的時代，該書借鬼神是言志，以理勝；它如唐傳奇多寫時事，故事背景是元末明初戰亂，風格悲愴，頗有亂世黍離之悲。《剪燈新話》的出現，說明傳奇小說通俗化的發展也不是直線的，明初一次反動，清初《聊齋志異》是又一次更強勁的反動。

瞿佑，字宗吉，號存齋，生於元朝至正七年（西元一三四七年）[22]，明朝立國的洪武元年（西元一三六八年），正二十一歲。籍貫山陽（今江蘇淮安），祖居錢塘（今浙江杭州），家居一帶正是朱元璋與張士誠、方國珍以及元朝政府軍爭戰之地，頻仍的爭戰給人民帶來的痛苦，瞿佑有切膚的體驗。他避亂至四明，又逃至蘇州、吳江，他所作〈水龍吟‧夜宿村店〉有「十載東西奔走」之句，眼前的景象是：「滿天霜氣凝寒，北風獵獵鳴枯柳。荒村古店，夜闌人靜，不堪回首。山鬼吹燈，妖狐拜月，神魚朝斗。況頹牆鼠竄，疏籬犬吠，空林下，寒熊吼。」[23]《剪燈新話‧太虛司法傳》描寫鄉村「蕩無人居，黃沙白骨，一望極目」，則是白天所見的實境。《剪燈新話》附錄〈秋香亭

22　參見陳慶浩〈瞿佑和剪燈新話〉，載於《漢學研究》第六卷第一期，1988 年。

23　喬光輝校注：《瞿佑全集校注》，浙江古籍出版社 2010 年版，第 338 頁。

記〉記蘇州商生與采采相愛，本已由父母做主訂婚，不料戰亂突起，商生隨父南歸臨安，輾轉會稽、四明避亂，采采亦北徙金陵，十年不通音訊，待明朝混一，采采已嫁他人，兩人悲不能禁，抱恨終身。商生即瞿佑，孔門子弟有商瞿者，「商」寓瞿佑姓氏。瞿佑祖姑瞿氏嫁楊仲弘，《歸田詩話》卷下「宗陽宮玩月」有「楊仲弘……夫人瞿氏，予祖姑也」[24] 之句。他又有〈過蘇州〉詩：「桂花老殘歲月催，秋香無復舊亭臺。傷心烏鵲橋頭水，猶望閶門北岸來。」[25] 「桂花樹」、「秋香亭」、「烏鵲橋」，皆與〈秋香亭記〉相合。采采詩云：「好因緣是惡因緣，只怨干戈不怨天。」戰爭給瞿佑造成的情感傷痛是難以平復的。

　　瞿佑經歷了元末的兵燹，進入明朝以後，他和當時的一般文人一樣面臨仕隱兩難的困境，命運偃蹇。明太祖朱元璋出身卑微，以「紅巾軍」發跡起家，沒有顯赫高貴的血緣，皇帝至高無上的權威與深刻的自卑造成他猜忌和嗜殺的性格，對於文人士大夫尤不信任。他制定律令：「率土之濱，莫非王臣，寰中士大夫不為君用，是自外其教者，誅其身而沒其家，不為之過。」[26] 「貴溪儒士夏伯啟叔侄斷指不仕，蘇州人才姚潤、王謨被徵不至，皆誅而籍其家。」[27] 陸容（西元一四三六至西元

24　喬光輝校注：《瞿佑全集校注》，浙江古籍出版社 2010 年版，第 459 頁。

25　喬光輝校注：《瞿佑全集校注》，浙江古籍出版社 2010 年版，第 220 頁。

26　《大誥二編・蘇州人才第十三》。

27　《明史》第八冊卷九十四〈刑法志二〉，中華書局 1974 年版，第 2318 頁。

第二節　明初《剪燈新話》及其影響

一四九四年)《菽園雜記》轉述一老僧的話：「洪武間，秀才做官，吃多少辛苦，受多少驚怕，與朝廷出多少心力？到頭來，小有過犯，輕則充軍，重則刑戮。善終者十二三耳。」[28] 明初著名詩人高啟被腰斬是震驚天下的案例，當時蘇州知府在張士誠宮殿遺址上修建知府衙門，高啟應邀為該建築寫了一篇〈上樑文〉，在張士誠宮殿遺址上造衙署，朱元璋認為有稱王的野心，將知府處死，查〈上樑文〉有「龍蟠虎踞」四字，更坐實其罪名，於洪武七年（西元一三七四年）將高啟腰斬於市。

　　瞿佑少年時即有詩名，洪武十年（西元一三七七年）應徵到南京，次年任仁和縣訓導，在訓導任上完成《剪燈新話》並作序。建文二年(西元一四〇〇年)轉授國子監助教，永樂元年(西元一四〇三年)擢周王府長史。周王朱是永樂帝朱棣的同母兄弟，建文帝削藩時被放逐，朱棣「靖難」登帝即復其舊封，但對朱一直存有猜忌。永樂六年（西元一四〇八年）瞿佑進周府表至京，以「屏藩有過」被逮捕，謫戍保安（今河北涿鹿），至洪熙元年（西元一四二五年）獲釋[29]，時年已七十九歲。瞿佑一生遭遇在元末明初那一代文人中具有相當的代表性，瞭解那個時代和瞿佑生平，就不難理解《剪燈新話》所蘊含的思想。

28　陸容：《菽園雜記》卷二，中華書局 1985 年版，第 16 頁。

29　瞿佑〈樂全詩序〉：「向以洪熙乙巳（西元一四二五年）冬，蒙太師英國張公奏請，自關外召還，即留居西府。」喬光輝校注：《瞿佑全集》，浙江古籍出版社 2010 年版，第 171 頁。

第三章　元明傳奇小說的通俗化

　　《剪燈新話》成書於洪武十一年（西元一三七八年），瞿佑在此年所作〈剪燈新話序〉云：「余既編輯古今怪奇之事，以為《剪燈錄》，凡四十卷矣。好事者每以近事相聞，遠不出百年，近止在數載，襞積於中，日新月盛，習氣所溺，欲罷不能，乃援筆為文以紀之……今餘此編，雖於世教民彝，莫之或補，而勸善懲惡，哀窮悼屈，其亦庶乎言者無罪，聞者足以戒之一義云爾。」《剪燈新話》的題材多來自「近事」，「遠不出百年，近止在數載」，這與宋傳奇好寫歷史有著顯著的不同，在這一點上接近於唐傳奇。其中涉於鬼怪的作品不少，但不是宣揚神道，其宗旨在「勸善懲惡，哀窮悼屈」。道德勸懲義且不論，「哀窮悼屈」顯然有不平之意，其現實針對性一望可知。

　　〈序〉中說書名《剪燈錄》四十卷，今存本名《剪燈新話》，若每卷一篇作品則有四十篇，但今存本僅四卷二十篇。朝鮮刊本《剪燈新話句解》為二卷二十篇，附錄〈秋香亭記〉[30]，今人周楞伽校注《剪燈新話》為四卷二十篇，附錄〈秋香亭記〉、〈寄梅記〉二篇。《剪燈新話》書成後藏之書笥，但求觀者甚眾，輾轉傳抄，不僅錯訛頗多，且脫略彌甚，後經瞿佑重校，刻本流傳至今，已非復原貌矣。

　　愛情婚姻是《剪燈新話》的重要話題。兩情相愛、終成眷屬者，有〈聯芳樓記〉和〈渭塘奇遇記〉。〈聯芳樓記〉的男女主人

30　《剪燈新話句解》影印本，《古本小說叢刊》第三十三輯，中華書局 1991 年版。

公都是商賈出身，薛氏姐妹二人秀麗而能詩賦，聞名遐邇，鄭生興販至此，泊舟於二女樓下，與二女顧盼生情，二女以絨索垂竹兜引鄭生上樓私會，女父發現其私情，遂贅鄭生為婿。篇中綴二女詩作頗多，然以繩索引舟中情人上樓，略無閨秀羞怯之態，又非小說傳統之佳人。〈渭塘奇遇記〉敘王生與渭塘酒店小姐一見鍾情，從此二人異地同夢，在夢中幽會。最後得家長首肯，二人結為夫妻。此篇構思奇巧，夢境和實境熔為一爐，難辨虛實。愛情婚姻以悲劇結局的有〈愛卿傳〉、〈翠翠傳〉和〈秋香亭記〉。〈愛卿傳〉之愛卿本嘉興名娼，色貌才藝，獨步一時，嫁與趙生為妻，入門之後婦道甚修，趙生往江南做官，愛卿獨立支撐門戶，元末亂起，政府軍劉萬戶欲強納愛卿，愛卿乃自縊而死。亂平，趙生回嘉興，悲痛欲絕，愛卿靈魂出而與之相會，傾訴衷腸，並告以轉世投生無錫宋家為一男子，趙生訪之果然。〈翠翠傳〉的翠翠與金定本是情意深篤的夫妻，元末亂中，翠翠被張士誠所部之李將軍擄去，金定歷經險阻找到李將軍門下，卻只能以兄妹之名與翠翠相見，兩人憂鬱成疾，先後辭世，葬於一處。翠翠魂魄寄書父母，父母奔吳興，唯見荒煙野草兩墳而已。〈秋香亭記〉乃瞿佑一段戀情的自述，商生與采采青梅竹馬相戀甚深，好姻緣卻被戰爭擊碎，采采已為他人之妻，兩情唯抱恨終身而已。這三篇作品，愛情婚姻悲劇皆由戰亂造成，是那個時代的真實再現。人鬼戀是傳奇志怪的常見主

第三章　元明傳奇小說的通俗化

題，〈金鳳釵記〉、〈滕穆醉游聚景園記〉、〈牡丹燈記〉、〈綠衣
人傳〉四篇寫人鬼戀各有特色。〈金鳳釵記〉中少女興娘相思而
死，情不能已，借妹妹慶娘的軀體與情人私奔，意想奇特。〈滕
穆醉游聚景園記〉寫滕穆在聚景園與南宋宮女鬼魂相愛，攜鬼魂
返鄉過了三年甜蜜生活。〈綠衣人傳〉的綠衣女子生前乃南宋賈
似道的侍女，趙源為賈似道的侍童，兩人私情暴露，雙雙被賈
似道所殺，趙源為侍童轉世，而綠衣女子仍是鬼魂，鬼魂以幽
陰之質與趙源續前生之好，三年後方永別。本篇以相當篇幅揭
露南宋奸相賈似道的貪婪兇殘，非一般言情小說。〈牡丹燈記〉
敘元末浙東明州喬生元宵夜邂逅美女麗卿，攜女回家，極其歡
暱，鄰翁窺見該女為一粉髑髏，喬生大駭，訪其居址果見麗卿
之靈柩，然已無法解脫，被麗卿擁入柩內成為鬼魅夫妻。每當
雲陰之晝、月黑之夜，丫鬟挑雙頭牡丹燈前導，生與女攜手同
行，見者必染大病。居民祈請道人作法，遂將二鬼押赴九幽之
獄。此篇有色戒之喻，描寫要比話本〈西山一窟鬼〉精緻得多。

　　《剪燈新話》的另一重要主題是文人的命運，瞿佑筆下的文
人，大多是恃才傲物、命蹇時乖的寒微之士，或者得罪權貴而
遭譴（〈太虛司法傳〉），或者仗義執言而罹禍（〈令狐生冥夢
錄〉），或者在戰亂中擇主不當而喪生（〈華亭逢故人記〉），在
瞿佑看來，只有在虛擬的南海龍宮和冥司裡，人才方能得以任
用。〈水宮慶會錄〉的潮州士人余善文為南海龍宮新殿修建撰寫

〈上樑文〉，廣利王奉為上賓，當有人以「白衣」蔑視余善文時，立即遭到龍王訓斥：「文士在座，汝烏得多言？姑退！」〈修文舍人傳〉的夏顏，博學多聞，性氣英邁，然窮困致死。死後在冥司得到重用，他的魂魄告訴陽間友人：「冥司用人，選擇甚精，必當其才，必稱其職，然後官位可居，爵祿可致，非若人間可以賄賂而通，可以門第而進，可以外貌而濫充，可以虛名而躐取也。」《剪燈新話》以上各篇作品的文人已不再都是花前月下的才子和科場博名的舉子，他們多半懷才不遇，憤世嫉俗，遭遇艱險，下場悲慘，只有在龍宮地府那裡或許有一絲施展才能的希望。〈水宮慶會錄〉余善文撰〈上樑文〉獲龍王激賞，而此前高啟為蘇州知府撰〈上樑文〉則被明太祖腰斬，瞿佑不避嫌疑設此細節，給讀者留下了想像的空間。〈天臺訪隱錄〉寫徐逸採藥進入天臺山，迷路而入世外桃源，全篇仿〈桃花源記〉，隱居之民於南宋末避難於此，「止知有宋，不知有元，安知今日為大明之世」？徐逸離開後，欲再訪已不可得。瞿佑面對明初文人動輒得咎的政治環境，向有隱逸情結，其〈桂枝香〉詞下半闋曰：「幸則幸，才名莫數。喜則喜，清閒造物曾許。遠害全身，一點勝如三語。人間自有長生術，但心平，天也應與。底須尋訪蓬萊，採芝去煩童女。」[31]〈滕穆醉游聚景園記〉和〈綠衣人傳〉的主人公結局都是棄紅塵而去，絕非偶然。

31　喬光輝校注：《瞿佑全集校注》，浙江古籍出版社 2010 年版，第 282 頁。

第三章　元明傳奇小說的通俗化

　　其他作品，講榮辱治亂皆有定數的如〈富貴發跡司志〉，講妖怪為害一方的如〈永州野廟記〉、〈申陽洞記〉，評說吳越興亡的如〈龍堂靈會錄〉，為織女傳說辯誣的如〈鑒湖夜泛記〉，演繹善惡因果的如〈三山福地志〉，這些作品都是用虛幻的手法，曲折地表達了瞿佑對現實的認識。

　　《剪燈新話》是一部純粹的傳奇小說專集，這種合集在小說史上並不多見。唐傳奇多以單篇行世，後來的一些小說集雜有志怪、雜錄，唯唐末裴鉶的《傳奇》算得上傳奇小說專集。宋代的《青瑣高議》、《雲齋廣錄》等也是兼收志怪、雜錄，《青瑣高議》還輯入了別人的作品。元代除了單篇的〈嬌紅記〉之外，尚未發現有傳奇小說集。《剪燈新話》以「近事」為題材，拉近了傳奇小說與現實生活的距離，作者在創作中灌注個人情志，儘管其藝術性不及唐傳奇，但在創作思想和方法上復興唐傳奇的傳統。所以高儒《百川書志》稱之為「古傳記之派」。不過與唐傳奇相比，它也有明顯的不足，一是理性重於感性，情感描寫過於簡單；二是好用典故，文辭比較艱澀，不類唐傳奇；敘述中插入的詩詞偏多，有溢出情節之嫌。

　　《剪燈新話》初以鈔本流傳，版行之後影響極大。正統七年（西元一四四二年）國子監祭酒李時勉曾奏請禁毀，他說：「近有俗儒，假託怪異之事，飾以無根之言，如《剪燈新話》之類，不惟市井輕浮之徒爭相誦習，至於經生儒士，多捨正學不講，

日夜記憶，以資談論。」[32] 不止讀者甚眾，且效顰者紛至遝來，《剪燈餘話》、《覓燈因話》等相繼問世。

　　《剪燈餘話》作者李昌祺（西元一三七六至西元一四五二年），名禎，字昌祺。盧陵（今江西吉安）人。永樂二年（西元一四〇四年）進士，選翰林院庶起士，與修《永樂大典》。洪熙元年（西元一四二五年）擢河南左布政使，任上十五年與藩國在河南轄區的周憲王朱有燉（著名雜劇作家）有交往，而瞿佑自永樂元年（西元一四〇三年）任周藩王府右長史達六年之久，當時朱在位，瞿佑與周藩王世子朱有燉的關係甚為密切。但李昌祺撰《剪燈餘話》在任河南左布政使之前，按他〈剪燈餘話序〉所說，永樂十七年（西元一四一九年）自廣西左布政使坐事謫役房山時，「客有以錢塘瞿氏《剪燈新話》貽余者，復愛之，銳欲效顰」，遂作《剪燈餘話》。李昌祺雖效仿《剪燈新話》，但創作自出機杼，他於謫役之中，「奔走埃氛，心志荒落」，不過借小說以「豁懷抱，宣鬱悶」[33]，是別有寄寓的。不過，他的懷抱與鬱悶與瞿佑大有不同，瞿佑經歷過元末明初的戰亂動盪，入明以後又是士人動輒得咎的時代，而李昌祺入仕在「靖難」之後，政治已趨於平穩，始仕至歸老，雖「兩涉憂患」，有短暫的失落，

32　轉引自顧炎武《日知錄之餘》卷四。《日知錄集釋》，嶽麓書社 1994 年版，第1255、1256 頁。

33　李昌祺：〈剪燈餘話序〉，引自周楞伽校注《剪燈新話》（外二種），上海古籍出版社 1981 年版，第 121 頁。

第三章　元明傳奇小說的通俗化

但一生養尊處優，其心態不可與瞿佑同日而語。他曾自贊其像曰：「貌雖醜而心嚴，身雖進而意止。忠孝稟乎父師，學問存乎操履。仁廟稱為好人，周藩許其得體。不勞朋友贊詞，自有帝王恩旨。」[34] 所以，他失落之時的牢騷不同於瞿佑的牢騷。為《剪燈餘話》作序、跋者皆朝廷顯要，有永樂二年狀元、翰林侍讀學士兼修國史曾棨，翰林侍講王英，翰林修撰行在工部右侍郎羅汝敬，翰林庶起士承直郎秋官主事劉子欽，等等，亦從側面證明《剪燈餘話》的措辭命意不會背離聖教太遠。

《剪燈餘話》，李昌祺自序稱二十篇，取〈賈雲華還魂記〉續於篇末，是為二十一篇。《百川書志》著錄為四卷，未詳篇數。今人周楞伽在二十一篇外，補〈至正妓人行〉一篇，成二十二篇。

《剪燈餘話》受《剪燈新話》的影響甚為明顯[35]。它也是以元末明初之近事為題材，題材類型也極為相似，如愛情婚姻悲劇、人鬼戀、亂世中的異人等。有些作品簡直是蹈襲《剪燈新話》之命意和情節模式，如〈洞天花燭記〉模仿〈水宮慶會錄〉，〈水宮慶會錄〉寫士人往水宮撰〈上樑文〉，〈洞天花燭記〉寫士人往仙境為仙人婚禮撰相應之文。〈秋夕訪琵琶亭記〉模仿〈滕穆醉游聚景園記〉，兩篇皆敘人鬼戀，滕穆在聚景園所遇是南宋

34　葉盛：《水東日記》卷十四，中華書局 1980 年版，第 142 頁。

35　唯《賈雲華還魂記》作於接觸《剪燈新話》之前，據《剪燈餘話》作者自序，乃受桂衡〈柔柔傳〉的影響，實屬中篇傳奇小說。

第二節　明初《剪燈新話》及其影響

宮女衛芳華，沈韶在琵琶亭所遇的是元末漢王陳友諒的嬪妃鄭婉娥，兩人皆知美女為鬼，然相愛甚歡，緣盡分別後皆隱於山林。〈何思明遊酆都錄〉模仿〈令狐生冥夢錄〉，令狐生為人剛直，因批冥府也納賄曲法，被召至冥府，冥王見他持論有理，免罪放還，令狐生就此而參觀地獄，陽世為惡者皆受酷刑；何思明因不信鬼神，被召至酆都，地獄種種，描寫更詳於〈令狐生冥夢錄〉。凡此種種，因襲的痕跡斑斑可見。因襲雖然不等於抄襲，但對於以個性創新為生命的文學藝術來說，畢竟是不夠成熟的表現。

　　《剪燈新話》比較唐傳奇已經偏於理性，而《剪燈餘話》則比《剪燈新話》更加理性。名節在《剪燈餘話》中是一個反復演繹的話題，如〈長安夜行錄〉、〈月夜彈琴記〉、〈鸞鸞傳〉、〈連理樹記〉、〈瓊奴傳〉等都是寫貞婦烈女。〈長安夜行錄〉是對《本事詩》記載之「餅師婦吟」進行辯訂，當然它是用形象達成其目的，以餅師夫妻鬼魂出現來辯白《本事詩》之誣，作者盛讚餅師妻被寧王奪入府邸而以死相抗，堅守貞節。〈月夜彈琴記〉寫宋末以死抗元兵侮辱的趙氏透過其侍兒碧桃之鬼魂，示以主人公集古句七言近體詩二十首和集古句七言絕句十首，並授以〈廣陵散〉一曲，主要篇幅在敘錄集句，以表達節婦趙氏的情懷。〈鸞鸞傳〉、〈瓊奴傳〉、〈連理樹記〉都是讚頌殉夫而死的節婦。

　　李昌祺生活的時代距元末戰亂已有三四十年了，但朱棣舉

第三章　元明傳奇小說的通俗化

兵「靖難」，奪了建文帝的皇位，則是眼前發生的巨大事變，建文朝廷的臣子們都面臨名節的考驗，方孝孺認為朱棣是篡位，不肯為朱棣即位撰寫詔文，被誅殺十族八百七十三人，死節的大臣畢竟鳳毛麟角，大多數廷臣還是屈節降歸朱棣。明正德間人郎瑛《七修類稿》記「名人無恥」曰：「我太宗（朱棣）渡江靖難之時，廷臣胡廣、金幼孜、胡儼、解縉、楊士奇、衡府紀善周是修，同約死節。明日，惟是修詣國子監尊經閣下縊焉。他日，士奇為之作傳，與其子曰：『向使同尊翁死，此傳何人作也？』嗚呼！眾固可責矣，若留（留夢炎，宋朝降元之臣，力主元朝誅殺文天祥）、楊數言，尤為無恥之甚；讀書明大義，至此尚爾云云，天理人心安在哉！」[36]

　　《剪燈餘話》反復宣揚守節的烈婦，在〈鸞鸞傳〉結末評論說：「節義，人之大閑也，士君子講之熟矣，一旦臨利害，遇患難，鮮能允蹈之者。」是否有所指向，不敢遽下斷語，但這樣的話題和議論，肯定是解縉、楊士奇等人十分忌諱的。明弘治間人祝允明《野記》說：「李布政昌祺，為人正直，不同於時，才學亦贍雅少雙。其作《剪燈餘話》，雖寓言小說之靡，其間多譏失節，有為作也。同時諸老，多面交而心惡之，李不屑意也。其〈彈琴記〉（〈月夜彈琴記〉）有『江南舊事休重省，桃葉桃根盡可傷』之句，亦別有所指。」[37] 祝允明的意思是〈月夜彈琴

36　郎瑛：《七修類稿》卷十六〈義理類〉，文化藝術出版社 1998 年版，第 183 頁。

37　《國朝典故》卷三十三〈野記三〉，北京大學出版社 1993 年版，第 557、558 頁。

記〉中烈婦趙氏集古句近體詩二十首之第一首，此句「江南舊事」即暗指「靖難」。

　　《剪燈餘話》敘事插入的詩詞數量之多，又遠勝於《剪燈新話》，〈月夜彈琴記〉插有三十首詩，更有甚者，〈至正妓人行〉簡直就是一篇仿白居易〈琵琶行〉的長篇敘事詩，散文部分只是詩序而已。作者是詩人，以詩自炫可以理解，但不顧小說文體的規律和情節人物的需要而濡毫揮灑，則是小說創作的瑕疵。

　　受《剪燈新話》影響的還有明萬曆年間的《覓燈因話》，作者邵景詹在〈覓燈因話小引〉中說：「萬曆壬辰（萬曆二十年，西元一五九二年），自好子（邵氏之號）讀書遙青閣，案有《剪燈新話》一編，客過見之，不忍釋手，閱至夜分始罷。已抵足矣，客因為道耳聞目睹古今奇祕，累累數千言，非幽冥果報之事，則至道名理之談；怪而不欺，正而不腐；妍足以感，醜可以思；視他逸史述遇合之奇而無補於正，逞文字之藻而不免於誣，抑亦遠矣。自好子深有動於其衷，呼童舉火，與客擇而錄之，凡二卷。客曰：『是編可續《新話》矣。』命之曰《覓燈因話》。」邵景詹撰作《覓燈因話》上距《剪燈新話》成書已有二百多年，可見《剪燈新話》影響之深遠。《覓燈因話》二卷共八篇。邵景詹雖受《剪燈新話》影響，但他的時代與瞿佑、李昌祺的時代已大不相同了，萬曆二十年（西元一五九二年）前後之晚明社會，商品經濟的發展，封建政治的腐敗，世風的萎靡，酒色財

第三章 元明傳奇小說的通俗化

氣成為時尚。邵景詹關注的是他面臨的這個物欲橫流的現實，〈桂遷夢感錄〉寫的是見利忘義、欺瞞詐騙的故事，負人者又被人負，情節頗有戲劇性。〈姚公子傳〉寫浪蕩子敗盡家產，而助其敗家的是他羅致的數十百個市井無賴，世風墮落如此。〈翠娥語錄〉之淮揚名妓李翠娥，博通詩書，當官的見她知書明理，勸她擇士人嫁之，她卻說：「世人鄙俚，乃視妻妾為狎客，閨幃為樂地……與其嫁而導淫於人，寧自守而獨居以死耳！」後果然出家做了道姑。〈臥法師入定錄〉正好是翠娥之論的注腳，世俗競以美色相尚，鐵生與胡生均以妻美炫耀，互以勾搭對方妻子為念，往來通宵不禁，目送心挑，鐵生之妻狄氏終於與胡生得以通姦。

《覓燈因話》也有寫節義的，〈孫恭人傳〉之孫恭人是朱元璋部將花雲妻子的侍兒，花雲被陳友諒軍俘獲，不屈而死，其妻郜氏亦投水自盡，孫氏抱花雲三歲兒子逃亡，歷經艱險保全了遺孤，被封為恭人。事見《明史》卷二八九〈花雲傳〉。〈貞烈墓記〉寫天臺縣一部卒之妻郭氏有姿色，部卒之長官欲奪占郭氏，使其丈夫入獄，欲置於死地，郭氏為保全丈夫，投水而死，其夫之冤方大白。此篇據陶宗儀《南村輟耕錄》稍加潤飾而成 [38]，算不上創作。〈唐義士傳〉敘唐珏傾家搜集宋陵寢遺骨安葬而獲善報的事蹟，至元戊寅（至元四年，西元一三三八年）江

38　參見《南村輟耕錄》卷十二〈貞烈墓〉，中華書局 1959 年版，第 151、152 頁。

南釋教都總統楊璉真伽發掘宋帝后陵寢以攫取殯葬財寶，棄骨骸於草莽間，唐珏遍收遺骸安葬，史有其事。周密《癸辛雜識》續集上〈楊髡發陵〉、別集上〈楊髡發陵〉記有其事[39]，唯不及唐珏事蹟；陶宗儀《南村輟耕錄》卷四〈發宋陵寢〉說他從吳興王筠庵處得讀〈唐義士傳〉，並全文錄之[40]，此篇即據此寫成，作者不過插增了祭文及詩七首而已。以上三篇寫節和義，〈丁縣丞傳〉則是寫不義，丁縣丞劫財害命，良心倍受拷掠，見被害者未死，償還所劫之金，並引以為戒，成為一位廉吏。

　　《覓燈因話》的說教傾向更甚於《剪燈餘話》，敘述中不再像《剪燈新話》和《剪燈餘話》那樣插入大量詩詞，它和《剪燈餘話》在思想藝術上都不及《剪燈新話》。其實模仿《剪燈新話》的不止以上二種，宣德年間趙弼著《效顰集》三卷二十六篇（今存二十五篇），趙弼毫不掩飾仿效瞿佑，特題書名為「效顰」；正德年間陶輔著《花影集》四卷二十篇，作者自序說：「予昔壯年，嘗得宗吉瞿先生《剪燈新話》、昌祺李先生《剪燈餘話》、輔之趙先生《效顰集》，讀而玩之……大率三先生之作，一則信筆弄文，一則精巧競前，一則持正去誕。雖三家造理之不同而各有所見，然皆吐心葩、結精蘊，香色混眩，鬼幻百出，非淺學者所能至也。予不自揣，遂較三家得失之端，約繁補略，共為二十篇，題曰《花影集》，亦自以為得意之作也。」由《剪燈

39　《癸辛雜識》，中華書局 1988 年版，第 152 頁、第 263—265 頁。

40　參見《南村輟耕錄》卷四〈發宋陵寢〉，中華書局 1959 年版，第 43—49 頁。

第三章　元明傳奇小說的通俗化

新話》開啟的傳奇小說流派，向著雅正的方向發展，越來越成為表彰忠節的工具，小說藝術的魅力也就每況愈下了。

《剪燈新話》的作品，有些還被改寫成話本小說，如〈三山福地志〉改寫成《二刻拍案驚奇》卷二十四〈庵內看惡鬼善神，井中談前因後果〉，〈金鳳釵記〉改寫成《拍案驚奇》卷二十三〈大姐魂游完宿願，小姨病起續前緣〉，〈翠翠傳〉改寫成《二刻拍案驚奇》卷六〈李將軍錯認舅，劉氏女詭從夫〉，〈寄梅記〉改寫成《西湖二集》卷十一〈寄梅花鬼鬧西閣〉。《剪燈新話》在正統年間曾遭到朝廷禁毀，理由是此書假託怪異之事，飾以無根之言，不唯市井輕浮之徒，連經生儒士也都沉溺其中，若不禁毀，則人心將被惑亂。[41] 這當然有點危言聳聽，禁毀在事實上最終也無法達成目的，《剪燈新話》今存本就有正德六年（西元一五一一年）楊氏清江堂合刊《新增補相剪燈新話大全》，而白話小說也據此演繹，禁毀的手段湮滅不了文學的影響。《剪燈新話》在域外漢文化圈中也頗受歡迎，甚至成為模仿的對象。十五世紀中葉傳入朝鮮，金時習受其影響著《金鰲新話》；十六世紀初，越南阮嶼所著《傳奇漫錄》，也可以看到《剪燈新話》的影子；日本德川幕府時，《剪燈新話》「鐫刻尤多，儼如中學校之課本」[42]，受其影響創作的作品亦多有所在。

41　參見顧炎武《日知錄之餘》卷四〈禁小說〉。《日知錄集釋》，嶽麓書社 1994 年版，第 1255、1256 頁。

42　董康：《書舶庸譚》，遼寧教育出版社 1998 年版，第 21 頁。

第三節　明代中篇傳奇小說的繁榮

　　元代傳奇小說〈嬌紅記〉約一萬八千字，插入詩詞約六十首，開中篇傳奇小說之先河。明初李昌祺《剪燈餘話》所收〈賈雲華還魂記〉約一萬四千字，插入詩詞四十九首，是今存明代中篇傳奇小說之最早作品。李昌祺在〈剪燈餘話序〉中說：「往年余董役長干寺，獲見睦人桂衡所制〈柔柔傳〉，愛其才思俊逸，意婉詞工，因述〈還魂記〉擬之。」[43]

　　長干寺即南京大報恩寺，永樂六年毀於火，永樂十年開始重建，李昌祺於當年參與重建工程，在此獲見桂衡創作的〈柔柔傳〉，遂撰〈賈雲華還魂記〉。桂衡曾於洪武己巳（洪武二十二年，西元一三八九年）為瞿佑《剪燈新話》作序，所著〈柔柔傳〉今已失傳，李昌祺稱自己的〈賈雲華還魂記〉乃模擬〈柔柔傳〉，而〈賈雲華還魂記〉與〈嬌紅記〉多有相似之處，情節中三次提到〈嬌紅記〉，一些細節亦有明顯的模擬痕跡，由此可知，〈柔柔傳〉和〈賈雲華還魂記〉都是學步〈嬌紅記〉的作品。〈賈雲華還魂記〉敘元朝至正年間魏生與雲華（娉娉）的愛情婚姻傳奇，兩人本有父母指腹聯姻之盟，魏生自襄陽赴杭州訪師讀書，到賈家拜訪，魏生見雲華貌美才高，心動不已，雲華也一見鍾情，此時雲華之父已死，其母大有拒婚之意，兩人詩詞傳情，終於私相和合。此後魏生回鄉應試，中試後授官再赴

43　周楞伽校注：《剪燈新話》（外二種），上海古籍出版社 1981 年版，第 121 頁。

第三章　元明傳奇小說的通俗化

杭州已是兩年之後，婚姻仍無望，只能暗中談情說愛。魏生母親亡故，兩人只好分離。雲華知道母親堅拒婚，憂鬱而死，並托夢魏生，說她將借屍還魂。後果有長安縣丞之女暴卒卻又復甦，自稱雲華還魂，魏生遂與其結為夫妻。此篇除結尾還魂成婚之外，情節模式與〈嬌紅記〉如出一轍，有些關目甚至完全雷同。如魏生醉倒臥室，雲華前去幽會，失望而歸；又如〈嬌紅記〉兩情插入飛紅攪局，〈賈雲華還魂記〉則有春鴻、蘭苕從中製造波瀾；再如主人公皆因情而死。不過，〈賈雲華還魂記〉以還魂的方式達成了美滿的結局。

　　中篇傳奇小說在〈賈雲華還魂記〉之後沉寂了大約五六十年，成化、弘治之後復又振作起來，成為一種流行的小說樣式。〈鍾情麗集〉今存弘治十六年（西元一五〇三年）刊本[44]，此本的成化二十三年（西元一四八七年）簡庵居士序標明了成書時間不晚於當年。此刊本的存在，說明中篇傳奇小說在當年曾以單行刊本流行。然而現知的此類作品，都是輯錄在小說選集和通俗類書中，《風流十傳》（萬曆四十八年刊本）輯有〈鍾情麗集〉、〈雙雙傳〉、〈嬌紅記〉等八種，《花陣綺言》輯有七種，萬曆時期的通俗類書如《國色天香》、《繡谷春容》、《萬錦情林》、《燕居筆記》等皆載有中篇傳奇小說。這些小說選集和通俗類書所收的作品多有互相重複者，整理出來，明代的中篇傳奇作品有：

44　參見孫楷第《日本東京所見小說書目》，人民文學出版社 1958 年版，第 122、123 頁。

〈賈雲華還魂記〉（作於永樂十年）

〈鍾情麗集〉（作於成化二十三年）

〈雙卿筆記〉（大約作於正德、嘉靖間）

〈懷春雅集〉（嘉靖十九年《百川書志》著錄）

〈花神三妙傳〉（作於嘉靖年間）

〈尋芳雅集〉（作於嘉靖年間）

〈天緣奇遇〉（作於嘉靖年間）

〈劉生覓蓮記〉（晚於〈天緣奇遇〉）

〈李生六一天緣〉（大約作於嘉靖、萬曆間）

〈傳奇雅集〉（大約作於萬曆年間）

〈雙雙傳〉（大約作於萬曆年間）

〈五金魚傳〉（大約作於萬曆年間）

另有不見於小說選集和通俗類書的作品，則有：

〈麗史〉（大約作於正德、嘉靖間）

〈荔鏡傳〉（大約作於正德、嘉靖間）

以上數種，不是明代中篇小說的全部，有些作品亡佚了，至少有〈柔柔傳〉，還有《百川書志》著錄的〈豔情集〉、〈李嬌玉香羅記〉、〈雙偶集〉，它們和〈嬌紅記〉一樣都是寫「語帶煙花，氣含脂粉，鑿穴穿牆之期，越禮傷身之事」[45]。

明代由〈賈雲華還魂記〉開啟以上所錄的一系列小說，篇幅都在一萬至四萬字之間，故稱文言中篇小說。他們在主題、情

45　《百川書志》卷六，上海古籍出版社 2005 年版，第 90 頁。

第三章 元明傳奇小說的通俗化

節、敘事方式和趣味情調上有共同之處，形成當時頗有影響的小說流派。

這類作品都是寫兒女私情，但他們不再表現人神戀和青樓戀，而是寫門第相當的才子佳人，一般都是先通好，後結婚，中間歷經曲折，重點在描摹才子佳人戀愛的纏綿情態。這類作品主題相類，但具體情節類目卻各有佳構，雖著意渲染兒女私情，卻也不虛化其時代背景，戰亂兵禍以及家庭變故常常是主人公悲歡離合的外部原因。

這類作品在敘事中插入大量詩詞，少則數十首，多者如〈鍾情麗集〉達一百五十多首，〈懷春雅集〉則在二百首以上，這種敘事方式上承〈嬌紅記〉，在明代則無所不用其極。小說應該是散文敘事，在一個詩詞為文學主流的時代，小說中的人物用詩詞表白和傳達心意，作者用詩詞描繪景色和形容氣氛也是那個時代某方面真實的反映，從另一方面看，當時講述詩詞來源本事的「詩話」、「詞話」比比皆是，詩文夾雜的文體符合當時士人的欣賞習慣，中篇傳奇小說加入大量詩詞，正迎合了當時人們的審美趣味。

當然，這類作品的思想性、藝術性、趣味性也不是都一樣，他們雖然都在寫「鑿穴穿牆之期，越禮傷身之事」，但情調還是有雅俗之別。〈劉生覓蓮記〉有一段金友勝從書坊買得幾本小說送來給劉一春閱讀的描寫：金友勝「因至書坊，覓得話本，

特持與生（劉一春）觀之。見〈天緣奇遇〉，鄙之曰：『獸心狗行，
喪盡天真，為此話本，其無後乎？』見〈荔枝奇逢〉及〈懷春雅
集〉，留之。私念曰：『男情女慾，何人無之？不意今者近出吾
身，苟得遂此志，則風月談中又增一本傳奇，可笑也。』」在劉
生看來，寫「男情女慾」並不悖禮，悖禮的是露骨的情色描寫。
〈天緣奇遇〉不再是寫一男一女的苦戀，它的主人公祁羽狄不僅
與廉家三位小姐繾綣訂盟，而且與她們的侍婢以及其他女性多
人有染，獲取功名之後娶妻妾十二人，號曰「香臺十二釵」，收
侍婢百餘人，號曰「錦繡百花屏」，後得仙丹攜眾美飛升。〈天
緣奇遇〉源出〈嬌紅記〉，一些細節的蹈襲痕跡灼然可見，但其
趣味格調低於〈嬌紅記〉也甚為分明。如清代才子佳人小說《駐
春園小史》水箬散人序所評，「用情非正，總屬淫詞」。其作者
之意念，亦如《紅樓夢》第五回警幻仙姑所說，「不過悅容貌，
喜歌舞，調笑無厭，雲雨無時，恨不能盡天下之美女供我片時
之趣興」，其主人公只是「皮膚淫濫之蠢物耳」。〈花神三妙傳〉、
〈尋芳雅集〉、〈李生六一天緣〉、〈傳奇雅集〉等描述性愛雖不
及〈天緣奇遇〉那麼頻頻的露骨，但格調大體屬於「用情非正」
的一類。

　　〈天緣奇遇〉一類作品的產生固然有〈嬌紅記〉、〈賈雲華還
魂記〉、〈鍾情麗集〉等作品所形成的流派慣性力的作用，但他
們產生在嘉靖、萬曆年間，與時代風氣也是直接相關的。明代

第三章　元明傳奇小說的通俗化

中葉商品經濟空前繁榮，逐利拜金相習成風，奢侈享受成為時尚追求。當時的有識之士就已指出，正德、嘉靖是明代風氣的轉捩點，嘉靖間人何良俊在《四友齋叢說》中專列「正俗」一題，講述他耳目所及的風俗之變。嘉靖、萬曆時人顧起元《客座贅語》也說「正、嘉以前，南都風尚最為醇厚」[46]，之後「營聲利、畜伎樂」，「挾倡優、耽博奕、交關士大夫陳說是非」，「買官鬻爵」，「嬉靡淫惰」之風便盛熾起來。萬曆時人謝肇淛在《五雜組》中感嘆說：「今時娼妓布滿天下……至今日而偃然與衣冠宴會之列，不亦辱法紀而羞當世之士哉？」[47]〈天緣奇遇〉之類的作品正是嘉、萬時代的產物。

中篇傳奇小說在色情方面走得更遠的還有〈如意君傳〉和〈癡婆子傳〉。他們不屬於〈嬌紅記〉這一流派，主人公不是才子佳人，敘事中也不插入詩詞。〈如意君傳〉作於嘉靖初或稍前，敘武則天與她的男寵薛敖曹，著意於情色描寫，此篇的一些描寫方式對於後世的白話豔情小說以及長篇小說《金瓶梅詞話》都產生了影響。〈癡婆子傳〉稍晚於〈如意君傳〉，以老婦人上官阿娜第一人稱追敘她一生辛酸的性生活經歷。一位女子向人敞開自己最隱祕的生活經歷，在中國古代小說中獨一無二。敘述中有怨憤，也有懺悔，風格樸實，格調與〈如意君傳〉有所不同。

46　《庚巳編‧客座贅語》，中華書局 1987 年版，第 25 頁。

47　謝肇淛：《五雜組》，上海書店出版社 2001 年版，第 157、158 頁。

第三節　明代中篇傳奇小說的繁榮

　　明代文言中篇傳奇小說是唐傳奇歷經宋元之後的延續發展，宋元傳奇已顯現出俗化的趨勢，至明代中篇傳奇小說，則已完全通俗化了。如果說唐傳奇是貴族士大夫的沙龍文學，那麼明代中篇傳奇小說就已走出「沙龍」，是活躍在江湖的通俗文學，那麼多日用通俗類書熱衷於輯錄轉載，就充分地說明了這一點。它雖然使用文言，夾以詩詞，而且喜歡用典，形式是「雅」的，可是其內容卻是俚俗的。寫男歡女愛並不等於寫愛情，愛情誠然以異性吸引為前提，但愛情還應有更豐富、更深刻的精神內涵，可惜這個流派作品的描寫多停留在情欲的層面，有的甚至表現出一夫佔有多妻的惡嗜，其意識是不夠高雅的。去掉文言的包裝，它其實與通俗小說沒有本質的差別。然而正德、嘉靖時期白話通俗小說崛起和迅速繁榮，白話的閱讀面更大，同質的文言中篇小說在閱讀市場的競爭力就大為削弱，到天啟、崇禎時便已偃旗息鼓。此後，它乾脆脫掉文言的外衣，以白話章回小說的姿態出現在大眾文化的舞臺，這就是才子佳人小說，而此時已是改朝換代後的清代了。

第三章　元明傳奇小說的通俗化

第二編
明代話本小說的發展

　　話本小說的發展經歷了三個階段，初期實現了口頭「說話」向書面文學的轉化，話本小說由是誕生。這個階段的話本小說基本上由「說話」記錄整理成文，還保留著口頭文學的濃重氣息。第二階段，明代嘉靖年間文人開始介入話本小說的編刊，開始是收集、整理和編輯，隨即有作家利用舊有篇什進行加工或再創作，話本小說創作走向成熟並達到高潮。第三階段起於明末，作家不再依賴舊有故事，而是從生活中擷取素材，提煉情節以表現自己的情志。這個階段的作品顯得精巧，但失去了話本小說原生的俚俗和質樸，道德說教色彩越來越濃厚，話本小說也就走向了衰微。

第一章

話本小說的纂輯

第一章　話本小說的纂輯

第一節　《清平山堂話本》

　　元代短篇的話本小說雖然沒有如講史平話一樣留下可觀的文本，但它的存在是無可置疑的，殘頁〈紅白蜘蛛〉的發現就是一個實證。明代前期，話本小說也並未沉寂，只是沒有較大發展罷了。成於嘉靖二十六年（西元一五四七年）的《西湖遊覽志》卷二〈湖心亭記〉：「自宋、元曆國初，舊為湖心寺，鵠立湖中，三塔鼎峙。相傳湖中有三潭，深不可測，所謂三潭印月者是也。《六十家小說》載西湖三怪，時出迷惑遊人，故厭師作三塔以鎮之。」[01]

　　清顧修《匯刻書目初編》載有「六家小說」，分《雨窗》、《長燈》、《隨航》、《欹枕》、《解閑》、《醒夢》六集，每集十篇，共六十篇。可知所謂「六家小說」即《六十家小說》。此《六十家小說》已經散佚，今僅存二十七篇和殘本兩篇，由於版心刻著「清平山堂」字樣，現在通稱《清平山堂話本》。「清平山堂」為明代嘉靖時洪楩的堂名。洪楩，字子美，生卒年不詳。以祖蔭至詹事府主簿，家中藏書甚富，朱睦《萬卷堂書目》著錄有「洪子美書目」。洪楩刻書除此話本集之外，還有《唐詩紀事》、《夷堅志》等。洪楩是一位藏書家、出版家，並不是小說家，對於《清平山堂話本》，他只是一位編輯和刊刻者。現存的二十九篇作品，較完好地保存了當年的模樣，可以證實這一點。

01　田汝成：《西湖遊覽志》，浙江人民出版社 1980 年版，第 23 頁。

第一節　《清平山堂話本》

　　《清平山堂話本》包含了明代和明代以前的話本，六十篇作品是否是洪楩當時所能搜集到的作品的總數，還是經過他挑選出來的結果，不得而知。今存的作品中有元代舊篇，除「宋元舊篇」，剩下的就是嘉靖及嘉靖以前的明代作品。

　　搜集在《清平山堂話本》中的明代作品，計有〈柳耆卿詩酒玩江樓記〉、〈藍橋記〉、〈風月相思〉、〈張子房慕道記〉、〈陰騭積善〉、〈刎頸鴛鴦會〉、〈楊溫攔路虎傳〉、〈錯認屍〉、〈董永遇仙傳〉、〈戒指兒記〉、〈羊角哀死戰荊軻〉、〈死生交范張雞黍〉、〈老馮唐直諫漢文帝〉、〈漢李廣世號飛將軍〉、〈夔關姚卞吊諸葛〉、〈霅川蕭琛貶霸王〉、〈李元吳江救朱蛇〉。

　　記有《六十家小說》的《西湖遊覽志》成書於嘉靖二十六年（西元一五四七年），從明朝開國的洪武元年（西元一三六八年）到此已有一百七十多年，可以肯定《六十家小說》中明人作品之創作時間跨越了一個半世紀，而編者並未對他們作過深度加工，故保留著這些作品當初存在的形態。這些作品在敘事體制上不統一，是話本小說發展的初期形態。

　　「說話」表演通常有說有唱，有散有韻。當他們轉變成書面文學的時候，初期不免保留著這種痕跡。如〈張子房慕道記〉就是詩句和說白相間進行，詩句皆是由小說主人公張子房（良）口中吟出，這應該是「說話」中詩贊類型的遺存。再如〈刎頸鴛鴦會〉在敘述中摻入〈商調醋葫蘆〉鼓子詞十首，第一支前有「奉

第一章　話本小說的纂輯

勞歌伴，先聽格律，後聽蕪詞」云云，以下各支又皆有「奉勞歌伴，再和前聲」等語，末尾〈南鄉子〉一闋亦有「奉勞」字樣，說明它是由「說話」中樂曲類型轉變過來的。

有的作品直接由戲劇改寫，敘事比較粗糙，〈柳耆卿詩酒玩江樓記〉就是這類作品。瞿佑《香臺集》以歷朝女子故事為詠，其中〈月仙古渡〉一首詠「傳奇〈玩江樓記〉」柳耆卿與餘杭妓周月仙的故事，其詩曰：「佳人不解奉卿卿，卻駕孤舟犯夜行。殘月曉風楊柳岸，肯教辜負此時情。」[02] 小說〈柳耆卿詩酒玩江樓記〉據傳奇改寫，將瞿佑的詩說成是柳耆卿所作，「佳人不解奉卿卿」被改成「佳人不自奉耆卿」，改者不知「卿卿」《世說新語》原典之意。這篇小說敘身為餘杭縣宰的柳耆卿看上了本地美麗歌妓周月仙，欲狎之，但月仙另有情人，故抗拒不從。月仙每夜乘船與情人相會，柳耆卿於是吩咐船工在船上將其姦汙，然後在玩江樓設宴召月仙，以詩羞辱使之順從。全文僅敘梗概，而趣味低下，不過客觀上反映了妓女命運的悲慘。後來馮夢龍編輯《古今小說》（《喻世明言》）時，把這個故事寫進〈眾名姬春風吊柳七〉，將柳耆卿的惡謔移到另一人身上，柳耆卿倒成了月仙的恩人。

有的作品基本抄錄文言小說，幾乎沒有加工或以白話改寫。〈藍橋記〉據《醉翁談錄》本集卷一神仙嘉會類〈裴航遇雲英於

02　喬光輝校注：《瞿佑全集校注》上冊，浙江古籍出版社 2010 年版，第 99 頁。

104

藍橋〉抄錄，僅加上了入話詩和散場句。而《醉翁談錄》此條錄
自唐代《裴鉶傳奇》之〈裴航〉，語句稍有削略。《醉翁談錄》
自南宋以來都是「說話」人的重要的工具書，一般來說，「說話」
人是藉由它與唐宋傳奇搭上關係的。〈風月瑞仙亭〉演卓文君與
司馬相如的戀愛故事，〈卓文君〉亦為《醉翁談錄》所敘引，〈風
月瑞仙亭〉大約也來自《醉翁談錄》。〈風月相思〉一篇，風格與
瞿佑的《剪燈新話》相近，大約是明代前期的文言傳奇文，它後
來還被通俗類書《國色天香》轉載，又收入熊龍峰刊行小說中，
改題〈馮伯玉風月相思小說〉。

有的作品採用接近白話的文言，其體制已接近後來的「三
言」。收在《欹枕》中的作品，現存有七篇，篇目大部分是每兩
篇成為一個對句，如〈老馮唐直諫漢文帝〉與〈漢李廣世號飛
將軍〉，〈夔關姚卞吊諸葛〉與〈雪川蕭琛貶霸王〉，這些作品既
不是「說話」、戲曲的簡單移植，也不是文言小說的抄錄，而是
經過作者創造性勞動的成果。〈漢李廣世號飛將軍〉寫西漢名將
李廣屢立戰功而終不得加封的悲劇，它依據《史記‧李將軍列
傳》而有所創造，對史料有取有捨，對事件的時序也作了重新安
排，當然虛構的成分也不少。作者著力刻劃李廣的形象，渲染
了悲劇氣氛。這種加工非一般「說話」書會才人所能為，當是文
人的作品。再如〈李元吳江救朱蛇〉就被馮夢龍收入《古今小
說》第三十四卷，題為〈李公子救蛇獲稱心〉，文字上基本沒有

改動，說明這類作品已經非常接近明代後期的話本小說了。

　　《清平山堂話本》應當有六十篇小說，大多數作品已經亡佚了，從僅存的二十九篇作品來看，體制不統一，既有文言也有白話，敘事風格多樣，說明那個時期的話本小說處在發展的初級階段。它以《雨窗》、《長燈》、《隨航》、《欹枕》、《解閑》、《醒夢》給六個分集命名，其編刊的宗旨也就十分鮮明地表達了出來，它是供人消遣的書面讀物。大概由此宗旨所決定，所以編者未對原作故事情節進行提煉，也未強加一些道德說教，而是較為真實地反映出嘉靖及嘉靖以前話本小說的面貌。

第二節　熊龍峰刊行小說

　　萬曆年間建陽書商熊龍峰刊行話本小說，今存四種：《張生彩鸞燈傳》、《蘇長公章臺柳傳》、《馮伯玉風月相思小說》和《孔淑芳雙魚扇墜傳》。熊龍峰是嘉靖年間建陽忠正堂主人熊大木的子侄輩，萬曆二十年（西元一五九二年）刊刻《重刻元本題評音釋西廂記》，其內封署「忠正堂熊龍峰鋟」，所刻《新刻出像天妃濟世出身傳》卷末牌記曰：「萬曆新春之歲忠正堂熊氏龍峰刊行。」由此推知，四種話本小說刊行在萬曆年間。此四種小說皆別冊單行，僅《張生彩鸞燈傳》題有「熊龍峰刊行」字樣，其餘三種的版式和刻字悉與之相同，故判斷皆為熊龍峰刊行。熊龍峰刊行的話本小說也許不止這區區四種，這四種也是孤本，藏

日本內閣文庫。

　　四種小說中《馮伯玉風月相思小說》已見於《清平山堂話本》，校對兩個本子的文字，可知它自有底本，非《清平山堂話本》的翻刻。《蘇長公章臺柳傳》將唐代許堯佐的傳奇小說〈柳氏傳〉所記韓翃的故事嫁接在北宋蘇東坡頭上，藝術上無甚創造。

　　《張生彩鸞燈傳》，嘉靖間晁瑮《寶文堂書目》著錄有〈彩鸞燈記〉，說明此篇熊龍峰雖然刊刻在萬曆，但此作品在萬曆前已經成書版行。這篇小說敘杭州元宵看燈，才子張生與佳人素香邂逅，一見鍾情，次日以彩鸞燈為信再次相見，佳人邀約才子到府邸私會，兩人纏綿難捨，遂決定私奔鎮江。不料在城門擠散，素香獨自一人奔往鎮江，被一尼師收留。而張生在河邊見到素香遺留的繡花鞋，以為素香投水而死，傷痛不已，臥病多時，後來鄉試得中解元，赴京會試途中經過鎮江，不意在尼庵與素香重逢，兩情終得完美結局。小說引「秦學士」〈生查子〉詞，表達張生與素香失散後第二年元宵景物依舊卻不見故人的心情：「去年元夜時，花市燈如畫。月上柳梢頭，人約黃昏後。今年元夜時，月與燈依舊。不見去年人，淚濕春衫袖。」這首詞一般認為是出自歐陽脩的詞，倒是契合張生此時此刻的心境。也許正是這首詞觸發了小說作者的創作靈感，也未可知。古代稍有身分地位的家庭都是將小姐養在閨閣，唯元宵燈節是個例

第一章　話本小說的纂輯

外，因而小說戲曲中才子佳人相見生愛的故事也多發生在元宵看燈之時。此篇被馮夢龍《古今小說》收入，為卷二十三〈張舜美元宵得麗女〉，文字小有差異。

《孔淑芳雙魚扇墜傳》的故事也發生在杭州，但背景不是宋朝，而是明朝弘治年間。《西湖遊覽志餘》卷二十記曰：「杭州男女瞽者，多學琵琶，唱古今小說、平話，以覓衣食，謂之『陶真』。大抵說宋時事，蓋汴京遺俗也。……其俗殆與杭無異，若『紅蓮』、『柳翠』、『濟顛』、『雷峰塔』、『雙魚扇墜』等記，皆杭州異事，或近世所擬作者也。」[03] 可見《孔淑芳雙魚扇墜傳》是杭州說唱藝人的題材，嘉靖年間《寶文堂書目》著錄有《孔淑芳記》，相信是同一題材的作品。人鬼戀是小說的一個重要母題。《搜神記》卷十六寫書生辛道度遊學至雍州，與去世已二十三年的秦閔王女相戀，做了三日夫妻；同書卷十六寫韓重被女鬼紫玉邀入墓塚，韓重明知「死生異路」，懼有尤愆，仍不能抗拒情愛，與紫玉繾綣綢繆三日三夜。辛道度和韓重都未沾染鬼魅陰氣，而女鬼則都是多情少女，故事充滿人性的和浪漫的氣息。《孔淑芳雙魚扇墜傳》卻是另一種類型：年輕的商人徐景春被西湖之畔的女鬼孔淑芳誘入墓塚，一夕之歡，即令徐生大病一場，數月之後徐生再次被女鬼所惑，乃至其純陽耗盡，幸得法師相救，方挽回一條性命。孔淑芳並無害人之意，她之

03　《西湖遊覽志餘》卷二十，浙江人民出版社 1980 年版，第 326 頁。

所以纏住徐景春，實因青春棄世，塚內寂寞，「聊效崔氏而逢張珙，諧百年魚水之歡娛」，但作者並不同情孔淑芳，作品強調的是人鬼有別，「人乃純陽之精，鬼乃陰邪之穢」，孔淑芳此舉被定性為「陰鬼為禍，擾害生民」，女鬼的結局是被押入九幽之獄，萬劫不赦。作品的旨意與〈西山一窟鬼〉、〈西湖三塔記〉、〈洛陽三怪記〉等相仿，誠如《古今小說序》所言，「《雙魚墜記》等類，又皆鄙俚淺薄，齒牙弗馨焉」。

第三節　輯入通俗文化類書的話本小說

萬曆時期，通俗文化類書如《國色天香》、《繡谷春容》、《萬錦情林》、《燕居筆記》之類，暢行於世。這些類書輯錄的文言小說較多，同時也收入少量的話本小說。《國色天香》輯有〈張於湖傳〉，《繡谷春容》輯有〈月明和尚度柳翠傳〉、〈張於湖傳〉，《萬錦情林》輯有〈裴秀娘夜遊西湖記〉，《燕居筆記》輯有〈綠珠墜樓記〉、〈杜麗娘慕色還魂〉、〈張於湖宿女貞觀記〉（即〈張於湖傳〉），《小說傳奇》輯有〈王魁〉、〈李亞仙記〉，附於《西廂記》刊本《西廂記》刊本指明弘治戊午《新刊大字魁本全相參增奇妙注釋西廂記》。的有〈錢塘夢〉等。

〈張於湖傳〉，其實主角並不是張於湖，而是潘必正和陳妙常。張於湖曾到訪建康府的女貞觀，見女道陳妙常丰姿綽約，以詞調之，陳妙常即以「清淨堂前不捲簾」婉拒。次後觀主侄

第一章　話本小說的纂輯

兒潘必正至觀探親，立即被妙常傾倒，兩人相戀成歡，致使妙常有孕，其情難以掩飾，得觀主認可，訴於建康府請求還俗成婚。恰府尹正是張於湖，且是潘必正故交，他雖有妙常「不捲簾」的心結，卻還是判妙常還俗，成就了她與潘必正的美事。陳妙常的風流韻事早已傳為佳話，元關漢卿的雜劇〈萱草堂玉簪記〉（佚）疑演此事，脈望館鈔校本《孤本元明雜劇》所收佚名作者〈張於湖宿女貞觀〉和高濂（約萬曆十一年前後在世）〈玉簪記〉當據此小說改編。

〈月明和尚度柳翠傳〉見於《繡谷春容》。然此本僅敘柳宣教唆使歌妓紅蓮色誘玉通禪師破戒，玉通禪師愧疚圓寂轉世為柳宣教之女，名柳翠，淪落為娼，即所謂「我身德行被你虧，你家門風還我壞」，讓柳宣教遭此報應。故事到此為止，結尾云：「後來直使得一尊古佛來度柳翠，皈依正道，返本還原。觀者要知詳細端倪，請看〈月明和尚度柳翠〉。」可知《繡谷春容》只輯錄了全篇之半。此篇後來被馮夢龍收入《古今小說》，為卷二十九〈月明和尚度柳翠〉，補上了一尊古佛月明和尚度柳翠的情節，文字作了些微加工。

〈裴秀娘夜遊西湖記〉見於《萬錦情林》。此篇敘南宋裴太尉之女秀娘清明時節隨父母遊西湖，與商人之子劉澄一見鍾情，劉澄雇舟依傍裴太尉畫舫夜遊，兩人止投桃傳情而已。秀娘回家即患相思之病，病症日益沉重，其父母得知隱情，遂遣媒人

議親，秀娘與劉澄終成眷屬。小說著力描寫裴秀娘對情愛的執著追求，她的這種罔顧禮教的個性在封建時代頗有叛逆的意味。《醉翁談錄》傳奇類著錄有〈夜遊湖〉，此故事大概在宋元「說話」中已有傳誦，但此文本應為明人所作。劉澄是織機大戶之子，裴太尉是朝廷高官，其夫人認為與劉家聯姻算是門當戶對，這樣高抬商人，只能發生在明代中葉。

〈綠珠墜樓記〉見於《燕居筆記》。綠珠，晉石崇之妾。《世說新語‧仇隙第三十六》記中書令孫秀恨石崇不與綠珠而誅之，並不及綠珠在金谷園墜樓。宋樂史所撰〈綠珠傳〉有綠珠墜樓情節，但索綠珠者為趙王倫，趙王倫係受孫秀唆使。〈綠珠墜樓記〉寫索綠珠者為王愷，王愷與石崇鬥富不及，兼覬覦綠珠美色，故誣害石崇性命，綠珠不受其辱墜樓而死。石崇為司徒石苞少子，此小說卻說他是江上漁夫，因救龍王而驟得巨額財富。可見此篇為另一支民間傳說。馮夢龍編撰《古今小說》，將它編入卷三十六〈宋四公大鬧禁魂張〉作為入話。

〈杜麗娘慕色還魂〉見於《燕居筆記》。敘南宋廣東南雄府尹之女杜麗娘，賞春情動，夢中與折柳書生在園中私會，醒來惆悵成疾，病中自畫小影，囑死後葬於梅樹之下。一年後夢中人柳夢梅隨父來到南雄府尹後花園，獲得杜麗娘小影，嘆賞不已，當晚杜麗娘魂魄現身，與柳夢梅幽會，並囑掘開梅樹之下的墳墓，她可起死回生。次日掘墳起棺，杜麗娘果然還魂，並

與柳夢梅結為夫妻。故事與湯顯祖〈牡丹亭還魂記〉完全相同。
嘉靖年間《寶文堂書目》著錄有〈杜麗娘記〉，有學者認為《寶
文堂書目》著錄〈杜麗娘記〉在前，湯顯祖萬曆二十六年（西元
一五九八年）作〈牡丹亭還魂記〉在後，小說與戲曲的故事如此
相近，應當是湯顯祖據小說改編[04]。但《寶文堂書目》著錄的〈杜
麗娘記〉文本未見，是否就是《燕居筆記》輯錄的〈杜麗娘慕色
還魂〉尚待考證。湯顯祖在〈牡丹亭記題詞〉中說：「傳杜太守
事者，仿佛晉武都守李仲文、廣州守馮孝將兒女事。予稍為更
而演之。至於杜守收考柳生，亦如漢睢陽王收考談生也。」[05]李
仲文事見《搜神後記》卷四，馮孝將事見《異苑》卷八，睢陽王
收考談生事見《搜神記》卷十六。湯顯祖並不掩飾本事來源，若
有現成故事〈杜麗娘記〉，何不直接道明？從文本看，話本敘述
杜麗娘在她的自畫像上題詩：「近睹分明似儼然，遠觀自在若飛
仙。他年得傍蟾宮客，不在梅邊在柳邊。」此詩在戲曲中出現三
次，分別在第十四出「寫真」、第二十六出「玩真」和第二十八
出「幽媾」；話本敘杜麗娘與柳梅夢交歡後的對話，「妾有一言
相懇，望郎勿責……柳生笑而答曰：賢卿有心戀於小生，小生
豈敢忘於賢卿乎」，文字與戲曲第二十八出盡悉相同，湯顯祖當
然不會進行這樣的抄襲。《燕居筆記》的另一版本餘公仁本題作

04　譚正璧：〈傳奇〈牡丹亭〉和話本〈杜麗娘記〉〉，載《文學遺產》第 206 期。
05　《湯顯祖詩文集》，上海古籍出版社 1982 年版，第 1093 頁。

第三節　輯入通俗文化類書的話本小說

〈杜麗娘牡丹亭還魂記〉，分明顯示了它的出處是戲曲〈牡丹亭
還魂記〉。

　　〈王魁〉見於《小說傳奇》。王魁負心的故事盛傳於宋元時
期，《醉翁談錄》記有〈王魁負約桂英死報〉已具話本情節規模。
元代尚仲賢編有雜劇〈王魁負桂英〉，今僅存殘曲。此話本對於
這個流傳已久的故事並無多少創造，寫桂英知道王魁負心，自
刎而死，王魁得知桂英死訊竟暗自高興，這些節點應該都是人
物內心活動極其複雜的地方，作者卻一筆帶過，但對馬道士設
壇為王魁驅鬼一節，進行了相對詳細的描寫，作者的本意大概
在強調忘恩負義必遭報應。

　　輯錄在萬曆末年《小說傳奇》中的話本還有〈李亞仙記〉。
余公仁本《燕居筆記》卷七所輯〈鄭元和嫖遇李亞仙記〉為同一
故事，但情節較簡。此篇實為唐代白行簡〈李娃傳〉的白話譯
本，無甚改動，僅有部分詳略之異。

　　〈錢塘夢〉附刊於弘治戊午年（弘治十一年，西元一四九八
年）刊本《新刊大字魁本全相參增奇妙注釋西廂記》及劉龍田刊
《題評音釋西廂記》。其故事由來已久，宋代李獻民《雲齋廣錄》
卷七《奇異新說・錢唐異夢》即敘此事。故事中司馬槱實有其
人，張耒《張右史文集》卷四十七〈書司馬槱事〉說陝人司馬槱
晝寢夢見一美女，執板歌曰：「家在錢塘江上住，花落花開，不
管年華度。燕子又將春色去，紗窗一陣黃昏雨。」歌闋而去，槱

113

第一章　話本小說的纂輯

因續成一曲：「斜插犀梳雲半吐，檀板清歌，唱徹黃金縷。望斷雲行無去處，夢回明月生南浦。」說美女即已逝之蘇小小。《西湖遊覽志餘》卷十六〈香奩豔語〉亦載此事，更說司馬槱夢後五年到錢唐做幕官，官府後有蘇小小墓，被鬼所纏得病而死。此篇對這些傳說有所改造，說司馬槱在西湖卜築為居，掘土發現一副骸骨，用石匣移葬高阜之處。夜夢美女造訪，美女拜謝葬骨之恩，手執白牙象板歌〈蝶戀花〉一曲，司馬槱驚覺，方知南柯一夢，遂寫〈蝶戀花〉半闋以續。不過未點明美女為蘇小小。此篇前半敘說西湖美景，似為入話，但後半敘正話匆匆結束，也許還有後文。

　　明代話本小說的發展，截至萬曆末，還只處在初級階段。許多作品都是單篇印行，如熊龍峰刊行小說，所以亡佚的不少，像洪楩編輯《六十家小說》成為規模的仍是少見。洪楩也只是盡了收集編輯之力，並未對作品進行文學層面的加工。綜觀這個階段的作品，敘事體制和敘事方式尚未統一，基本上是講述故事，重情節的離奇而輕人物性格的刻劃，其中雖有一些深含人性內涵的精華，可惜未曾提煉。同是小說創作，長篇章回小說卻是遙遙領先，「四大奇書」已經享譽天下，而話本小說似乎還在朦朧中摸索，直至泰昌、天啟年間和馮夢龍的「三言」問世，局面才發生了根本性轉變，話本小說體制成型，並湧現出一批足以傳世的代表性作品。

第二章

馮夢龍與「三言」

第二章　馮夢龍與「三言」

「三言」是《喻世明言》、《警世通言》、《醒世恆言》的總稱。《喻世明言》初版時題名《古今小說》，該書綠天館主人〈敘〉云：「茂苑野史氏（疑指馮夢龍）家藏古今通俗小說甚富，因賈人之請，抽其可以嘉惠里耳者，凡四十種，畀為一刻。」其天啟天許齋刊本內封「識語」曰：「本齋購得古今名人演義一百二十種，先以三之一為初刻云。」[01] 可知馮夢龍當初擬定《古今小說》為總名，《古今小說一刻》刊行後，二刻改題《警世通言》，三刻改題《醒世恆言》，爾後《古今小說一刻》再版便改名為《喻世明言》，「三言」由是得名。

第一節　通俗文學家馮夢龍

馮夢龍（西元一五七四至西元一六四六年），字猶龍，別號墨憨齋主人、龍子猶等，筆名甚多。長洲（今屬蘇州）人。家世不詳，兄弟三人被稱為「吳下三馮」。兄名夢桂，畫家；弟夢熊，太學生。馮夢龍如與他同時代的士人一樣，科舉仕進是他永遠解不開的心結，他在《麟經指月・發凡》中說：「不佞童年受經，逢人問道，四方之秘，盡得疏觀；廿載之苦心，亦多研悟。」他在經學方面消耗了很大心力，著有《麟經指月》、《春秋衡庫》和《四書指月》，其影響不小。他早年才華已聞名吳中，但二十歲左右中秀才後，在科舉上便再也沒有進步。蹭蹬

01　天許齋刊本《古今小說》影印本，《古本小說叢刊》第三十一輯，中華書局 1991 年版。

至五十七歲，仍未考得舉人的功名，不得已出貢，做了一任丹徒訓導，六十一歲到福建偏僻山區的壽寧做了一任縣令。在知縣任上兢兢業業，親手修纂了《壽寧待志》。崇禎十一年（西元一六三八年）知縣任滿，六十五歲的他回到家鄉長洲。不到幾年明朝覆亡，他以年過古稀的老弱之身奔走南方各地，投入匡扶明朝的活動，編撰《甲申紀事》、《中興實錄》、《中興偉略》等書，然而南明王朝瞬即瓦解，馮夢龍輾轉逃竄，大約在清順治三年（西元一六四六年）回到長洲，於此年含恨與世長辭，終年七十三歲。

馮夢龍是一位士人，但又不是傳統的士人。他生活在晚明的吳中地區，這裡的農業和工商業都冠絕天下。唐寅〈姑蘇雜詠〉云：「長洲茂苑古通津，風土清嘉百姓馴；小巷十家三酒店，豪門五日一嘗新。市河到處堪搖櫓，街巷通宵不絕人；四百萬糧充歲辦，供輸何處似吳民？」吳地經濟繁榮，亦文人薈萃之地。明初有高啟等「吳中四傑」，明中葉有唐寅等「吳中四才子」，唐寅更是以「江南第一風流才子」自命。與文化直接關聯的刻書業，按胡應麟的說法：「凡刻之地有三：吳也，越也，閩也……其精，吳為最；其多，閩為最，越皆次之。其直重，吳為最；其直輕，閩為最，越皆次之。」[02] 則蘇州刻書在明代中期也享譽天下。沈德符在萬曆四十五年（西元一六一七年）前後抄

02　胡應麟：《少室山房筆叢》卷四〈經籍會通四〉，上海書店出版社2001年版，第43頁。

第二章　馮夢龍與「三言」

得全本《金瓶梅》，馮夢龍便立即慫恿書坊以重價購刻，可見吳地刻書的發達。馮夢龍是在這樣的客觀環境中成長的。

馮夢龍雖然不能完全從科舉仕途之路中跳脫，但他受王陽明及其後繼者李贄的影響，將其一生中大量精力投入通俗文學事業。馮夢龍對於王陽明「致良知」的心學十分崇奉，撰《皇明大儒王陽明先生出身靖亂錄》（《三教偶拈・儒》），在其序言中說：「偶閱王文成公年譜，竊嘆謂文事武備，儒家第一流人物，暇日演為小傳，使天下之學儒者，知學問必如文成方為有用。」[03] 在《皇明大儒王陽明先生出身靖亂錄》篇末說：「先生歿後，忌其功者，或斥為偽學，久而論定，至今道學先生尊奉陽明良知之說，聖學賴以大明。」馮夢龍說有人斥陽明之學為偽學，指陽明歿後，桂萼上奏嘉靖帝，指陽明「事不師古，言不稱師」，創立「邪說」，帝乃下詔停世襲，恤典俱不行。隆慶後方恢復名譽，諡文成，萬曆十二年（西元一五八四年）詔令從祀文廟。王陽明主張向民眾傳道要用民眾易曉的方式，比如戲曲等，馮夢龍顯然踐行了王陽明的主張。

王陽明的思想，經由王艮泰州學派的發展，傳至李贄，更強調個性，宣導「童心」說，把人的自然情感提到天理的高度，顯示出離經叛道的傾向。萬曆以降，像「公安派」的三袁、戲劇家湯顯祖，以及小說家馮夢龍、凌濛初，無不服膺李贄的思

03　《三教偶拈》影印本，《古本小說叢刊》第四輯，中華書局 1991 年版。

想。馮夢龍之所以從事通俗文學的整理和創作，就在於他認為山歌、戲曲、小說有真性情，「今雖季世，而但有假詩文，無假山歌」。他收集整理山歌，是要「借男女之真情，發名教之偽藥」[04]。

馮夢龍參與通俗文學工作，大概始於創作戲曲〈雙雄記〉。祁彪佳《遠山堂曲品》敘評曰：「此馮猶龍少年時筆也，確守詞隱家法，而能時出俊語。丹信為叔三木所陷，並及其義弟劉雙；而劉方正者，不惜傾貲救之。世固不乏丹三木，亦安得有劉方正哉！姑蘇近實有其事，特邀馮君以粉墨傳之。」[05]此劇主角丹信、劉雙幼相契善，丹信之叔丹三木欲獨霸家財，誣陷丹信、劉雙二人入獄，時倭寇入侵，官府許丹信、劉雙立功贖罪，兩人素通兵略，功至將軍。此事發生在萬曆二十八、二十九年間，馮夢龍據此編撰。馮夢龍一生修訂已有戲曲作品頗多，如湯顯祖〈還魂記〉，經他重訂改題為〈風流夢〉，收在《墨憨齋定本》中。《墨憨齋定本》十五種傳奇，僅〈雙雄記〉是他創作的，其餘皆為他所修訂的他人之劇作。

馮夢龍的散曲創作以寫戀情為主，他選編的《太霞新奏》中收入了自己所作的散曲二十四篇，其中抒寫他和蘇州名妓侯慧卿之戀情的兩套散曲〈怨離詞〉、〈端二憶別〉尤為感人。他搜

04　馮夢龍：〈敘山歌〉。《馮夢龍民歌集三種注解》，中華書局 2005 年版，第 317 頁。

05　祁彪佳：《遠山堂曲品》。《中國古典戲曲論著集成》第六冊，中國戲劇出版社 1959 年版，第 33 頁。

第二章　馮夢龍與「三言」

集、編輯、評注、刊行吳中民歌〈童癡一弄‧掛枝兒〉和〈童癡二弄‧山歌〉。王驥德《曲律》卷四〈雜論〉云：「昨毛允遂貽我吳中新刻一帙，中如〈噴嚏〉、〈枕頭〉等曲，皆吳人所擬，即韻稍出入，然措意俊妙，雖北人無以加之；故知人情原不相遠也。」[06]〈曲律自序〉署時「萬曆庚戌冬長至後四日」，「庚戌」為萬曆三十八年（西元一六一○年），可知〈掛枝兒〉之刊行當在此年。

　　馮夢龍對於不登大雅之堂的笑話也傾注了心力，他認為古今世界是一大笑府，並不諱言自己也在供人話柄的笑府之中。他廣收古代各類典籍中的可博人一笑的資料，編為《古今譚概》，後改名《古今笑》。這些笑話諷刺和鞭撻了社會和人性中形形色色的醜惡、愚昧、荒唐和怪異現象。

　　小說，是馮夢龍一生中開拓最多、成就最大的領域。在文言小說方面，他編有《智囊》，不久又修訂增益改題《智囊補》，這是一部集古今智慧故事之大成的專著。又將《太平廣記》一書進行刪節編輯，刪繁就簡，去同存異，使其更便於閱讀，題為《太平廣記鈔》。他在該書小引中說，「雖稗官野史，莫非療俗之聖藥」。後來又從古今小說筆記以及其他典籍中的有關男女之情的故事分類編成《情史類略》。他受李贄思想影響，要為情立

06　王驥德：《曲律》。《中國古典戲曲論著集成》第四冊，中國戲劇出版社 1959 年版，第 181 頁。

教，所謂「天地若無情，不生一切物。一切物無情，不能環相
生。生生而不滅，由情不滅故。四大皆幻設，唯情不虛假」。故
而「擇取古今情事之美者，各著小傳，使人知情之可久」（〈情
史序〉）。

　　白話小說方面，他修訂了《三遂平妖傳》和《列國志傳》。
余邵魚編撰的《列國志傳》八卷二百二十六則，刊行後頗為暢
銷，馮夢龍認為此書疏漏、錯訛甚多，敘事不夠連貫，插入的
詩詞亦嫌過俚，遂以史傳為本，兼采雜史雜傳，重編為《新列
國志》一百零八回。清乾隆時蔡元放略為潤飾並加評點，改題
《東周列國志》。它之所以能成為歷史演義小說中的佼佼者，馮
夢龍功不可沒。

　　《三遂平妖傳》傳為羅貫中所作，實際上成書不會早於嘉靖
年間，其思想藝術與《水滸傳》差距甚遠。該書所稱之「妖」為
北宋仁宗時貝州起義的王則，「三遂」指鎮壓王則起義有功的諸
葛遂智、馬遂和李遂，但小說宗旨不在演繹歷史，而重在描述
妖術。馮夢龍嫌其結構散亂，人物前後照應不夠，在舊本前面
加寫了十五回，同時對舊本進行了較多修訂和補充，但修訂的
效果不及《新列國志》。

　　此外，馮夢龍還編撰了一部《三教偶拈》。他崇奉王陽明的
心學，儒教就以王陽明為代表，著《皇明大儒王陽明先生出身
靖亂錄》；釋教以濟公為代表，編入沈孟柈的《濟顛羅漢淨慈寺

第二章　馮夢龍與「三言」

顯聖記》；道教以許旌陽為代表，編入鄧志謨的《許旌陽擒蛟鐵樹記》。馮夢龍主張「三教合一」，他在〈三教偶拈序〉中說：「三教者，互相譏而莫能相廢」，又說他「於釋教吾取其慈悲，於道教吾取其清淨，於儒教吾取其平實」，代表了當時三教趨於合流的思潮。其中道教一篇，他又修訂收入《警世通言》卷四十〈旌陽宮鐵樹鎮妖〉。

馮夢龍在通俗文學方面建樹甚偉，其中最能代表他在這方面的成就，且具有歷史影響的還是他對「三言」的編撰。「三言」的問世，翻開了話本小說歷史發展的新的一頁。

第二節　「三言」的編撰與創作

《古今小說》(《喻世明言》)四十卷，每卷一篇小說，共四十篇作品。今存天許齋刊本「綠天館主人」〈敘〉云：「茂苑野史氏家藏古今通俗小說甚富，因賈人之請，抽其可以嘉惠里耳者，凡四十種，畀為一刻。」、「茂苑野史」為馮夢龍筆名。此本未署刊行年月，稍後刊刻的《警世通言》卷首〈敘〉署時「天啟甲子臘月」，即天啟四年（西元一六二四年），由此推知《古今小說》成書大約在天啟初年。《警世通言》刊於天啟四年，四十卷四十篇。今存兼善堂刊本內封「識語」曰：「茲刻出自平平閣主人手授，非警世勸俗之語不敢濫入，庶幾木鐸老人之遺意，或亦士君子所不棄也。」而卷首「豫章無礙居士」〈敘〉則

說：「隴西君，海內畸士，與余相遇於棲霞山房，傾蓋莫逆，各敘旅況。因出其新刻數卷佐酒，且日：尚未成書，子盍先為我命名。余閱之，大抵如僧家因果說法、度世之語，譬如村醪市脯，所濟者眾，遂命之日《警世通言》，而從臾其成。」《醒世恆言》亦四十卷四十篇，今存葉敬池刊本卷首有天啟丁卯（天啟七年，西元一六二七年）「隴西可一居士」〈敘〉，其〈敘〉日：「此《醒世恆言》四十種，所以繼《明言》、《通言》而刻也。明者，取其可以導愚也。通者，取其可以適俗也。恆則習之而不厭，傳之而可久。三刻殊名，其義一也。」

「三言」的作者署名各異，令人迷惑難辨，但馮夢龍修訂的《新列國志》內封識語就把這層迷霧撥開了：「墨憨齋向纂《新平妖傳》及《明言》、《通言》、《恆言》諸刻，膾炙人口。」其後凌濛初《拍案驚奇自序》也說：「獨龍子猶氏所輯《喻世》等諸言，頗存雅道，時著良規，一破今時陋習。」明確馮夢龍是「三言」編輯者。再後〈今古奇觀序〉又確認「三言」作者為馮夢龍：「墨憨齋增補《平妖》，窮工極變，不失本末，其技在《水滸》、《三國》之間。至所纂《喻世》、《警世》、《醒世》三言，極摹人情世態之岐，備寫悲歡離合之致，可為欽異拔新，洞心目，而曲終奏雅，歸於厚俗。」、「三言」的編撰者是馮夢龍，為《古今小說》作敘及評者「綠天館主人」，為《警世通言》作敘者「豫章無礙居士」，評者「可一主人」，為《醒世恆言》作敘者「隴西

第二章 馮夢龍與「三言」

可一居士」，評者「可一居士」，校者「墨浪主人」，其實也都是
馮夢龍自己。[07]

「三言」一百二十篇作品，有學者懷疑它們並不完全出自馮
夢龍之手。韓南（Patrick Hanan）認為《醒世恆言》中至少有
二十二篇作品為《石點頭》作者「天然癡叟，字浪仙」的人所作，
根據是這些作品或者崇尚道家，或者尊奉儒家道德，在寫法上
注重描寫人物內心世界，與馮夢龍的作品有明顯差異。[08] 從小說
的主題與形式來判定作者是誰，並非完全不可能，但其尺度為
藝術風格，對藝術風格的認定，不能徹底去除其主觀因素，否
則很難作出定論。此可備一說，它為研究「三言」作者和創作開
啟了另一扇門，其視角和思路是值得參考的。

從撰作方式看，「三言」的作品大抵可以分為三類：一類是
對舊有話本進行增刪潤飾；一類以文言小說所提供的本事進行
再創作；一類是自創作品。

第一類的作品，馮夢龍有的在作品中明確標出，如《警世
通言》卷八〈崔待詔生死冤家〉正文題下注：「宋人小說，題作
〈碾玉觀音〉。」《警世通言》卷十四〈一窟鬼癩道人除怪〉正
文題下注：「宋人小說，舊名〈西山一窟鬼〉。」《醒世恆言》

07 詳見胡萬川〈三言敘及眉批的作者問題〉，收入胡萬川《話本與才子佳人小說之研
究》大安出版社 1994 年版。
08 （美）韓南：《中國白話小說史》，尹慧珉譯，浙江古籍出版社 1989 年版，第 118—
128 頁。

卷三十三〈十五貫戲言成巧禍〉正文題下注：「宋人作〈錯斬崔寧〉」，等等。有的作品馮夢龍沒有標明出自舊本，但舊本業已被發現，證明它是據舊本修訂的，如《六十家小說》（《清平山堂話本》）中的作品：〈柳耆卿詩酒玩江樓記〉，修訂為《古今小說》卷十二〈眾名姬春風吊柳七〉。〈簡帖和尚〉，修訂為《古今小說》卷三十五〈簡帖僧巧騙皇甫妻〉。〈陳巡檢梅嶺失妻記〉，修訂為《古今小說》卷二十〈陳從善梅嶺失渾家〉。〈五戒禪師私紅蓮記〉，修訂為《古今小說》卷三十〈明悟禪師趕五戒〉。〈刎頸鴛鴦會〉，修訂為《警世通言》卷三十八〈蔣淑真刎頸鴛鴦會〉。〈錯認屍〉，修訂為《警世通言》卷三十三〈喬彥傑一妾破家〉。〈戒指兒記〉，修訂為《古今小說》卷四〈閑雲庵阮三償冤債〉。〈羊角哀死戰荊軻〉，修訂為《古今小說》卷七〈羊角哀捨命全交〉。〈死生交范張雞黍〉，修訂為《古今小說》卷十六〈范巨卿雞黍死生交〉。〈李元吳江救朱蛇〉，修訂為《古今小說》卷三十四〈李公子救蛇獲稱心〉。熊龍峰刊行小說之〈張生彩鸞燈傳〉，修訂為《古今小說》卷二十三〈張舜美燈宵得麗女〉。元刊話本〈紅白蜘蛛〉，修訂為《醒世恆言》卷三十一〈鄭節使立功神臂弓〉。收在明代通俗文化類書中的〈月明和尚度柳翠傳〉，修訂為《古今小說》卷二十九〈月明和尚度柳翠〉。鄧志謨的《許旌陽擒蛟鐵樹記》，修訂為《警世通言》卷四十〈旌陽宮鐵樹鎮妖〉。

　　「三言」據舊話本修訂而成的作品，以上所列述的是有文

第二章　馮夢龍與「三言」

本可稽的案例，實際上可能不止這些。對勘舊本與「三言」的文本，不難看出馮夢龍不只是做了編輯工作，他也糾正了舊本的年代、地名錯誤，增刪了敘述中插入的詩詞韻語，改寫甚至重寫了一些敘事文字，使全書敘事風格得到了統一，並對有些舊本的情節進行較大改動。他在話本的形態上，確定了入話和正話、韻文套語的使用，以及敘事方式等完整的話本小說敘事範式。

除對舊話本修訂的一類外，第二類是根據文言小說所提供的故事進行再創作。這類作品在「三言」中的數量超過了第一類。[09]《古今小說》卷一〈蔣興哥重會珍珠衫〉、《警世通言》卷三十二〈杜十娘怒沉百寶箱〉的本事分別來自宋懋澄《九籥別集》卷二〈珠衫〉和《九籥集》卷五〈負情儂傳〉[10]。宋懋澄，字幼清，號稚源，華亭（今上海松江）人。生於隆慶三年（西元一五六九年），萬曆四十年（西元一六一二年）舉人。馮夢龍生於萬曆二年（西元一五七四年），可知宋懋澄與馮夢龍是同時代的人。馮夢龍所編《情史》卷十四〈杜十娘〉結尾云：「浙人作〈負情儂傳〉。」[11]馮夢龍未詳〈負情儂傳〉出自何書，稱宋懋澄為「浙人」也是錯的，這說明他與宋懋澄不曾有過交集。

文言傳奇小說〈珠衫〉約兩千字，話本小說〈蔣興哥重會珍

09　參見譚正璧《三言兩拍資料》，上海古籍出版社 1980 年版。

10　宋懋澄：《九籥集》，王利器校錄，中國社會科學出版社 1984 年版，第 270、112 頁。

11　《情史》，春風文藝出版社 1986 年版，第 417 頁。

珠衫〉約一萬八千字，篇幅懸殊甚大，重要的還不在篇幅，而首先在主題價值的取向。兩者故事梗概大致相同，敘楚地商人至粵未歸，其妻不耐寂寞與新安商人通姦。新安商人與楚地商人相遇，炫耀其豔遇並出示婦人所贈之珍珠衫，而此珠衫正是楚商家傳之物。楚商回家即以珠衫為證休棄其妻。後楚商在粵地經商陷入人命官司，審案之縣主恰是楚商妻改嫁的丈夫，其妻哀告縣主為楚商脫罪後，得縣主開恩使二人復為夫妻。楚商休妻後在粵又娶妻室，其妻恰是新安商人之婦，新安商人遭劫病故，其妻遂改嫁楚商。宋懋澄敘述這個故事，對於楚商夫婦之情給予了肯定，但更多的是闡揚這破鏡重圓的「理」，所謂「夫不負婦，而婦負夫，故婦雖出不怨，而卒能脫其重罪，所以酬其夫者亦至矣；雖降為側室，所甘心焉」[12]。馮夢龍改編時則著眼於一個「情」字。他雖然沒有改變故事的框架和結局，但增加許多情節和細節，他要使讀者相信，楚商蔣興哥之妻王三巧出軌，責任並不完全在王三巧。他們本是恩愛夫妻，「商人重利輕別離」，蔣興哥答應一年回家，延宕至一年半尚未歸來，王三巧日日思念，數月間「目不窺戶，足不下樓」，正月間還占卦求卜歸期，次年二月椿樹抽芽，一年約定時間到了，這才向戶外探望，而新安商人陳商恰好與蔣興哥平昔穿著相像，「年相若，貌相似」，王三巧只道是自己的丈夫，於是「定睛而看」，察覺

12　宋懋澄：《九籥集》，王利器校錄，中國社會科學出版社 1984 年版，第 274 頁。

不是，「羞得兩頰通紅」。夫妻離別不捨，約定歸期未歸，占卦求卜，以及「目不窺戶，足不下樓」等情節，皆為馮夢龍所添加，意在表現王三巧是一個市井社會的多情少婦，卻絕無出軌的念頭。薛婆設局誘騙她與陳商成奸，馮夢龍把時間設定在七月初七之夕，這既是王三巧生日，又是牛郎織女一年一度聚會之時，王三巧落入薛婆、陳商設下的圈套，也就說得通了。此外，馮夢龍還增加了王三巧在丈夫休棄之後上吊自縊的情節。陳商托蔣興哥轉交給王三巧的禮物有玉簪一根和汗巾一條，玉簪已被蔣興哥摔斷，王三巧見斷簪，以為是鏡破釵分之意，而汗巾又分明教她懸樑自盡的意思，「可憐四年恩愛，一旦決絕，是我做的不是，負了丈夫恩情」。馮夢龍的這些增飾，除了使情節更豐富生動之外，還包含著一種態度，即馮夢龍沒有把王三巧當作「淫婦」處理。《警世通言》卷三十三〈喬彥傑一妾破家〉據《清平山堂話本》之〈錯認屍〉編訂，那故事中的周春香在丈夫經商在外的日子裡，與雇工通姦，又讓雇工奸了丈夫正妻的女兒，正妻謀殺了雇工，釀成人命官司，一妻一妾一女死於監獄，丈夫回來面對妻妾女兒財產俱喪，投水而死。馮夢龍對於破家之妾周氏是譴責的，但對於王三巧卻寄予了相當的理解和同情。這種態度與禮法社會的道德觀念顯然有所抵牾。而蔣興哥最後與王三巧破鏡重圓，也突破了封建節操的觀念。他當初聞知妻子與人通姦，憤怒痛苦之餘，又有自責：「當初夫妻何等

恩愛，只為我貪著蠅頭微利，撇他少年守寡，弄出這場醜來，如今悔之何及！」這個心理活動在文言小說中是沒有的，等於承認了男女之欲，蔣興哥休了王三巧，在王三巧改嫁時還將十六箱細軟作為陪嫁，這些情感和舉動在禮法社會裡都具有驚世駭俗的意味。

〈蔣興哥重會珍珠衫〉只是一例而已，馮夢龍將文言小說改寫成話本小說，絕不是白話譯文言那麼簡單。他改寫中灌注自己的情志，為了表現自己的道德美學的價值觀，他增加了情節、細節、人物對話和心理描寫，甚至改動舊本的情節。馮夢龍的這種編撰，包含著相當濃厚的文學創作成分。

敘事方式上，〈珠衫〉沿用源自史傳的全知角度的客觀敘述，作者隱藏在敘事的背後，讓事件像實際發生的那樣再現出來。馮夢龍則完全改換了一種敘事方式，模仿「說話」的講述方式，雖說是第三人稱全知視角進行敘述，但作者可以隨時中斷情節，對事態加以評論，或者作者直接對讀者說話：「看官們，你道……」，或者用詩詞韻語和俗語諺語。白話小說的敘事方式更能被大眾所接受。

第三類馮夢龍自創作品，現今可以認定的是《警世通言》卷十八〈老門生三世報恩〉。崇禎刊本《三報恩》（有《古本戲曲叢刊》二集影印本）卷首馮夢龍序曰：「余向作《老門生》小說，政謂少不足矜，而老未可慢，為目前短算者開一眼孔。滑

第二章　馮夢龍與「三言」

稽館萬後氏取而演之為《三報恩》傳奇。」萬後氏即畢魏，字萬後，一名萬侯，室名滑稽館，吳縣人。〈老門生三世報恩〉的主人公「老門生」叫鮮于同，少有神童之名，十一歲中秀才，才高志大，但鄉試屢考不中，三十歲了，按資歷可以出貢，或可充任雜職小官，鮮于同不肯將就。在科舉制度下，貢生出任低人一等，即便兢兢業業也難出頭，稍有不是，便遭黜處。所以鮮于同寧可老儒終身，也拒絕屈身小就。直到五十七歲方考中舉人，六十一歲考中進士，兩次考試的試官是少年科甲出身的蒯遇時，蒯遇時本瞧不起年紀大的考生，但鬼使神差，偏偏取的就是老秀才鮮于同。鮮于同並不知這位恩師的初衷，一意報答知遇之恩，在恩師、其子、其孫需要援手時，他竭力相助，即所謂「三世報恩」。如果不看鮮于同五十七歲中舉及中舉以後的情節，當可視為馮夢龍的自我寫照。馮夢龍也是一位神童，中秀才後再也考不中舉人，可以出貢但不肯出貢。《警世通言》成文在天啟四年（西元一六二四年），馮夢龍寫作此篇時不會超過五十一歲，還在拒絕出貢之時，鮮于同五十七歲中舉，六十一歲中進士，乃是馮夢龍的美好期望。他到五十七歲才勉強出貢做了丹徒訓導，也沒像鮮于同中得舉人，這個決定怕也不是偶然的。這篇小說抒發了馮夢龍心中鬱積多年的憤懣。科舉時代的士人，中舉中進士的畢竟是少數，如果說廣大士人是金字塔底的話，金榜題名的只是塔尖，況且科舉制度弊端重重，所以

此篇小說很能引起廣大士人的共鳴，也因此很快被搬上戲曲舞臺。馮夢龍自創的作品當不止這一篇。「三言」中不依據舊話本和文言小說而自創的作品，哪些是馮夢龍所作，哪些是「浪仙」或他人之作，尚待辨析。

第三節　「三言」主題思想取向

「三言」中像〈老門生三世報恩〉這樣由作家從生活中提煉情節的作品為數不多，大多是依據舊話本和文言小說加工編撰的作品，在總體上難以從中歸納出屬於一個作家的具有獨特個性的思想藝術風格來。但馮夢龍面對當時存在的大量舊話本和文言小說，也有一個選擇的問題，其選擇的標準，是包含著馮夢龍的文學價值取向的。其二，他在對舊話本和文言小說加工改造時，又灌注了自己的思想和藝術的價值意識。在這個意義上，還是能夠對「三言」的思想藝術作出一定的概括性的評論的。

「三言」是一位具有高度文學修養的文人深度交融俚俗的小說樣式創作的產品，俗中有雅，它的問世將話本小說提升到歷史的新境界。

「三言」之前的話本小說，熊龍峰刊行小說、《清平山堂話本》以及殘存的話本小說單篇等，不乏好的故事和深厚的市井生活氣息，但在藝術上停留在講故事的層面。「三言」中據舊話

第二章　馮夢龍與「三言」

本改編的作品不少，將改編成的作品與它所依據的舊話本作一比較，不難發現其境界已完全不同。馮夢龍對舊話本的修訂改作，因篇而異，各篇修訂的幅度和程度不同，修訂的效果也不盡相同，但總的趨向是加強故事前後的因果關聯，加入人物心理描寫，補充情節甚至改換情節，增加細節描寫以製造生活實感，使故事上升為情節，並表現有一定強度的主題，從而獲得可以與「四大奇書」相媲美的小說。

　　「三言」的世界已不是《三國》、《水滸》叱吒風雲的英雄世界，它描繪的是平常生活實態，士農工商，尤其是芸芸眾生的市井小民，統統都在它的視野之中。它也寫帝王將相，但不像《三國志演義》那樣寫他們權謀天下，而是描述他們近乎常人的舉止和情態。〈史弘肇龍虎君臣會〉刻劃發跡前的五代周太祖郭威和他的大將史弘肇完全是流民無賴；〈臨安里錢婆留發跡〉寫吳越國王錢鏐年輕時偷雞摸狗、吃酒賭錢，走私為盜，唐末趁亂而起，竟占據吳越之地稱王；〈窮馬周遭際賣𩟇媼〉中的唐太宗器重的大臣馬周，懷才不遇，落拓之時只是一個身無分文的酒鬼，幸被𩟇媼收留並結為夫妻，方有機會嶄露頭角。這三篇作品皆屬「發跡變泰」一類。〈趙太祖千里送京娘〉寫宋太祖趙匡胤在未曾發跡之前，也是一個闖蕩江湖的錚錚鐵骨的好漢。從響馬強盜手中救出京娘，不畏艱難，千里護送京娘與父母團聚，京娘有意以身相許，趙匡胤卻不為美色所動，直至送她到

家。男女千里獨行，家人不免有所猜疑，京娘為表貞節自縊而死。寫南朝梁武帝的〈梁武帝累修歸極樂〉，著重表現梁武帝與佛教的淵源，說他是寺廟聽經得道的曲蟮轉世再轉世，不像皇帝倒像個高僧。而〈金海陵縱欲亡身〉和〈隋煬帝逸遊召譴〉則是寫兩個皇帝的荒淫生活。「三言」中的帝王將相都不在神壇上，其形象所透射出來的都是普通的人性。

「三言」也寫才子佳人，但作品中的佳人再也沒有〈西廂記〉的鶯鶯、〈牡丹亭〉的杜麗娘那種多情少女內心在情感與禮教之間的掙扎，也沒有文言文中篇小說中佳人那樣吟詩傳情的雅致，她們沒有半點羞澀，直奔情愛而去，率真而且大膽。〈張舜美燈宵得麗女〉的劉素香上元燈節遊西湖，與秀才張舜美萍水相逢，一見鍾情，即主動約會。相會時連問名敘禮都無暇顧及，就相擁成歡。然後又主動提出私奔，完全把父母置之腦後。〈吳衙內鄰舟赴約〉的賀秀娥乘官船隨父去荊州途中，與吳衙內的官船相鄰，秀娥見吳衙內風流俊雅，即如醉如癡，竟邀約夜中踏舟相會，「彼此情如火熱，那有閒工夫說甚言語，吳衙內捧過賀小姐，鬆開紐扣，解卸衣裳，雙雙就枕」。素香和秀娥的形象已經脫離了傳統佳人的模型，作品雖然也敘述了她們經歷了離散的悲苦，但結局都是美滿的。這類才子佳人的故事，洋溢著濃厚的市井趣味，露骨地宣揚了男女情欲的合理性，這無疑是對傳統禮教的一種挑戰。

第二章　馮夢龍與「三言」

　　「三言」中最有特色也最有光彩的是那些描述普通百姓——小本商人、手工業者、窮書生和妓女等悲歡離合的作品。這些作品真實地描摹出明代社會的人情世態，表現了平民百姓對愛情和人生的理解和嚮往。

　　〈賣油郎獨占花魁〉（《醒世恆言》三卷）寫南宋初臨安一個小商人與名妓的愛情。秦重是個挑油擔叫賣的小商人，莘瑤琴是臨安青樓著名的「花魁娘子」，接待的都是王孫公子、貴客豪門，哪會瞧得上一個賣油郎？但秦重癡心戀上這位花容月貌的名妓，雖為小商販，但自信是個「清清白白之人」，存夠了十多兩銀子，只求與瑤琴共度一宵，瑤琴果然嫌厭秦重「不是有名望的子弟」，甚不情願，大醉之後嘔吐狼狽，盡是秦重服侍，酒醒後見狀大為感動，「難得這好人，又忠厚，又老實，又且知情識趣，隱惡揚善，千百中難遇此一人。可惜是市井之輩。若是衣冠子弟，情願委身事之」。不過「衣冠子弟」吳八公子將她擄至湖心亭凌辱一番，然後拋她在清波門僻靜之處，讓她赤腳不能行走半步，恰秦重過此才救得她回家。這時她才意識到情誼高於門第，「衣冠子弟」不如忠厚的「市井之輩」，遂拿出自己多年儲蓄的私房錢贖出身來嫁給秦重。

　　與莘瑤琴的命運相反的是〈杜十娘怒沉百寶箱〉（《警世通言》卷三十二）的杜十娘，她選擇從良之人是京中太學生李甲，李甲貪戀杜十娘的美色，卻無秦重的實心厚德，終究不能驅散

對杜十娘娼妓身分的糾結,且見利而忘情,竟以千金之價轉賣杜十娘,杜十娘自恨所托非人,乃抱持寶匣投江而死。杜十娘對愛情的追求並不亞於莘瑤琴,但她的夢想被李甲和李甲身後的封建禮教制度擊得粉碎,反不如莘瑤琴在一個小商人家庭裡獲得人的尊嚴。〈玉堂春落難逢夫〉(《警世通言》卷二十四)的玉堂春與官宦子弟王景隆相愛而終成眷屬實為例外,和唐傳奇〈李娃傳〉的李娃同屬青樓煙花傳奇。王景隆不是李甲那樣薄情寡義之人,他得到玉堂春資助回鄉並得以讀書中舉,到京會試因找尋玉堂春不著,無心應舉,朋友勸他:「功名是大事,婊子是末節,那裡有為婊子而不去求功名之理?」他回答道:「我奮志勤學,皆為玉堂春的言語激我。冤家為我受了千辛萬苦,我怎肯輕捨?」金榜題名之後,做官到山西,為玉堂春的冤獄昭雪,終於成為夫妻。王景隆和他的家長接納作為煙花的玉堂春,作者是寫足了條件的。一是玉堂春在王景隆之前和之後並未接過嫖客,被賣給山西商人沈洪,始終以打罵抗拒,除王景隆之外沒有失身他人,名為妓女,實有貞節;二是將王景隆花掉的巨額銀子用巧計盡數奉還,並囑告他不要再拈花惹草,用意攻書求取功名;三是進入王家甘居次位,她對王景隆已娶的劉氏說:「奶奶是名門宦家之子,奴是煙花,出身微賤。」謙卑知禮。以上三點,透露出玉堂春沒有落到杜十娘的悲劇結局,是十分僥倖的。

第二章　馮夢龍與「三言」

　　三篇作品中，難得的是〈賣油郎獨占花魁〉寫一個既無財產，又無門第的小商販卻贏得了一位名妓的愛情，這種愛情超越貴賤和貧富，在描述煙花女子從良的故事中是極為罕見的。

　　〈蔣興哥重會珍珠衫〉寫商人的愛情婚姻中貞節觀念失去支配地位，也是一篇富有時代特色的作品。丈夫蔣興哥出外經商久久不歸，寂寞的妻子王三巧在家中紅杏出牆，蔣興哥因此休了妻子，但情感卻難以割捨。幾經周折，改嫁知縣的王三巧搭救了陷入官司的蔣興哥。蔣興哥與王三巧終於破鏡重圓。禮教關於休妻有「七出」之條，其中「淫」為亂族的惡德，是封建家族絕對不能容忍的。女子喪夫尚且不容改嫁，所謂「餓死事小，失節事大」，像王三巧這種行為當然為千夫所指。但作品寫王三巧的外遇寫得並不齷齪，寫她與丈夫的恩愛也寫得十分真切，夫妻之情壓倒了貞節觀念，這正如馮夢龍在〈山歌序〉裡所說，「借男女之真情，發名教之偽藥」。

　　「三言」比較關注商人的生活，對於商業倫理多有描寫。〈施潤澤灘闕遇友〉（《醒世恆言》卷十八）的施復（潤澤）是蘇州吳江盛澤鎮上織綢的小戶手工商人，偶然拾得六兩多銀子，不肯昧心，將銀子還給了失主。失主朱恩是太湖洞庭山下種桑養蠶的小本人家。後來施復育蠶缺桑，往洞庭山買桑時巧遇朱恩，朱恩供給了桑葉，又使施復逃脫了覆舟之災，兩人竟結為親家。作者感嘆說：「衣冠君子中，多有見利忘義的，不意愚夫愚婦到有這等見識！」明朝開國之初即實行重農抑商政策，規

定農民許穿綢紗、絹布，商賈之家只許穿布，商人被視為賤家子。明朝中期以後商人的地位發生變化，此篇讚頌「愚夫愚婦」的美德，是對輕商觀念的反駁。

〈劉小官雌雄兄弟〉（《醒世恆言》卷十）寫開小酒店的劉公收留兩個流落旅途的男孩，並認作子嗣，不料其中一位竟是女扮男裝，後來兄弟變成了夫妻。這段傳奇緣於劉公的濟人之危，作者詳敘他說：「劉公平昔好善，極肯周濟人的緩急。凡來吃酒的，偶然身邊銀錢缺少，他也不十分計較。或有人多把與他，他便勾了自己價銀，餘下的定然退還，分毫不肯苟取。」正是如此，自己本無子嗣，卻得兩個異姓孝子。

〈徐老僕義憤成家〉（《醒世恆言》卷三十五）的徐老僕阿寄兼具奴僕和商人兩重身分，他在主子死後，「獨力與孤孀主母，掙起個天大家事，替主母嫁三個女兒，與小主人娶兩房娘子，到得死後，並無半文私蓄」，而他發家的手段就是經商。小說寫他經商成功的訣竅便是對市場訊息的掌握，貨物總是運往缺少此貨的地方銷售，「且又知禮數」，商緣極佳。作者是把他作為義僕來描寫的，不過他在生意中的行為，以及所表現出來的精明勤儉和誠信的品德，卻也是商人中的佼佼者。阿寄或實有其人，田汝成作〈阿寄傳〉，《明史》卷二九七亦有所載，李贄說他不敢稱阿寄為「奴」，「彼之所為，我實不能也」[13]。

13　李贄：《焚書》卷五〈阿寄傳〉，中華書局 1975 年版，第 223 頁。

第二章　馮夢龍與「三言」

　　「三言」中還有不少描寫官僚士紳和地主惡霸種種無恥行徑，以及復仇、公案等類的作品。明代後期正是公案小說興盛的時期，但「三言」寫公案卻與它們不是同一類型。明萬曆後期出現的《百家公案》、《廉明公案》、《諸司公案》等，敘述案情簡略，並錄有狀詞、訴詞和判文，是一種具有某種司法文書讀本功能的「小說」

　　「三言」所寫的公案，如〈陳御史巧勘金釵鈿〉、〈陸五漢硬留合色鞋〉、〈三現身包龍圖斷冤〉、〈十五貫戲言成巧禍〉、〈勘皮靴單證二郎神〉等，皆詳敘案情始末，人物、情節、細節，敘事與描寫，完全同於一般話本小說。這些寫公案的作品一般都直敘案情，沒有懸念，重在描寫世情和官員的清濁。唯〈勘皮靴單證二郎神〉（《醒世恆言》卷十三）是個例外，案情撲朔迷離，辦案者從一隻罪犯遺落的皮靴著手，循著線索一步一步接近真相，將一樁疑案偵破。偵查的過程顯示出縝密的推理邏輯，這在古代話本小說中是獨一無二的。

　　「三言」展現的是一個五光十色的普通的俗人世界，雖有一些背離禮教的傾向，但總體思想並未跳脫出封建主流意識形態。題名「喻世」、「警世」、「醒世」即表明全書的宗旨。「三教合一」的思想，尤其是因果報應觀念更是滲透在許多情節之中，而一些市民的庸俗低級趣味也時有表現。這是時代和作者思想的局限，也是毋庸諱言的。

第四節 「三言」的藝術成就

話本小說源自「說話」，向來以故事奇特為尚，「三言」所描述的故事未有不奇者。但「三言」在庸常之奇中更注重人物的刻劃，將話本小說的創作提升到新的境界。

「三言」的人物性格主要是藉由人物衝突，也就是情節的發展來表現的。作者在敘述人物行動時，又非常注重人物的心理活動，這心理活動便成為外部動作的性格依據。〈賣油郎獨占花魁〉中一個挑擔賣油的小商販要去嫖那名妓，豈不是癩蛤蟆想吃天鵝肉？秦重何以有此非分之舉，作者便細膩地描寫了他的心理活動——「人生一世，草生一秋。若得這等美人摟抱了睡一夜，死也甘心……我聞得做老鴇的，專要錢鈔。就是個乞兒，有了銀子，他也就肯接了，何況我做生意的，青青白白之人。若有了銀子，怕他不接！」於是一年多積存夠十多兩銀子，打扮得齊齊整整跨進了妓院大門。秦重之舉超出了常人邏輯，但有了這心理活動的前提，就顯得合情和可信了。莘瑤琴最後嫁給了賣油郎是有過程的，首先有劉四媽當初向她灌輸的從良經驗，奠定了她「樂從良」和「趁好的從良」的心理基礎。她爛醉後秦重對她的體貼服侍，令她感動，想道：「難得這好人，又忠厚，又老實，又且知情識趣，隱惡揚善，千百中難遇此一人。可惜是市井之輩。若是衣冠子弟，情願委身事之。」後來被豪門公子凌辱，蓬頭赤腳寸步難行，作者描寫她自思道：「自己

第二章　馮夢龍與「三言」

才貌兩全，只為落於風塵，受此輕賤。平昔枉自結識許多王孫貴客，急切用他不著，受了這般凌辱……」在這困境中恰好得到秦重相助，秦重為她淚下，用白綾汗巾給她裹腳，與她挽起亂髮，喚個暖轎抬她回家。至此，莘瑤琴下定嫁給賣油郎的決心，就一點兒也不覺得突兀和奇怪了。諸如此類的心理描寫，在「三言」各篇中乃為常見，是刻劃人物的重要手法。而這種純熟的手法在此前的話本小說中並不多見。

　　細節的真實是「三言」的重要藝術特徵，也是話本小說藝術提升的一個重要記號。〈蔣興哥重會珍珠衫〉的珍珠衫，王三巧為情所迷，將這件蔣門祖傳的寶貝送給了情人陳商，而陳商貼體穿著，在蔣興哥面前暴露了他與王三巧的私情，更成為蔣興哥指證妻子出軌的鐵證。蔣興哥續娶平氏，平氏衣箱的珍珠衫又挑明她原是陳商的妻子。這珍珠衫就成為小說的重要。此篇寫陳商托蔣興哥轉交給王三巧汗巾一條、玉簪一根，玉簪被蔣興哥摔成兩段，王三巧看了，以為折簪是夫妻離異之意，汗巾則讓她懸樑自盡。這些細節寫得真實而且有效推動情節發展。

　　有些細節與情節發展關聯不大，但對於表現人物和環境的真實性有重要的作用，比如〈蔣興哥重會珍珠衫〉中為陳商牽線的薛婆在雨天到王三巧家來提著一把破傘，這破傘說是借的，告別時又取了破傘出門，這細節就活畫出老婆子的小市民形態。〈白娘子永鎮雷峰塔〉（《警世通言》卷二十八）也寫了一把傘，

那是雨中許宣向人家借來的,「這傘是清湖八字橋老實舒家做的。八十四骨紫竹柄的好傘,不曾有一些兒破」,許宣打著傘見白娘子在屋簷下躲雨,遂共傘走了一段路,分手時將傘借給了白娘子,這傘又成為兩人再次相會的媒介。

細節的真實和豐富,意味著話本從講故事轉變為敘述情節的小說,它使虛構的故事獲得真實的效果,是現實主義小說必備的條件之一。

「三言」所以傳世不衰,究其原因,其中一點便是雅俗共賞。「三言」之前的話本小說,作品數量不少,但傳世的寥寥可數,能夠被傳下來的,又多是被「三言」所吸納修訂改編者。萬曆前的話本小說,俗則俗矣,其雅不足,可以諧於里耳,但過俗而近鄙俚淺薄,缺少蘊藉內涵,不可以雅俗共賞。「三言」俗中有雅,融娛樂與教誨於一爐,取悅里耳而不傷雅道,語言俗白卻不失文采,所謂「語多俚近,意存勸諷」,其間的分寸拿捏得恰到好處。「三言」以後的話本小說如「二拍」、《型世言》以及《無聲戲》、《十二樓》等,漸次棄俗向雅,也就漸次失去了話本小說的風采和韻味。

第三章

凌濛初和他的「二拍」

第三章　凌濛初和他的「二拍」

第一節　凌濛初的生平和思想

　　凌濛初（西元一五八○至西元一六四四年），亦名凌波，字玄房，一字彼斤，號初成，別號即空觀主人。浙江烏程（今屬湖州市）人。出身官宦世家，祖父、父親皆以科舉登上仕途。凌濛初十二歲入學，十八歲補廩膳生，但多次應舉而不得一第，「公試於浙，再中副車；改試南雍，又中副車；改試北雍，復中副車，乃作〈絕交舉子書〉」（〈墓誌銘〉）。他在〈二刻拍案驚奇小引〉中說，「丁卯之秋，事附膚落毛，失諸正鵠」，丁卯為天啟七年（西元一六二七年），此年秋闈又未中，所謂「附膚落毛，失諸正鵠」。當年他四十八歲，大概是他最後一次參加鄉試。

　　科場蹭蹬，苦悶之極。《拍案驚奇》卷四十〈華陰道獨逢異客，江陵郡三拆仙書〉入話曰：「話說人生只有科第一事，最是黑暗，沒有甚定準的。自古道：『文齊福不齊。』隨你胸中錦繡，筆下龍蛇，若是命運不對，倒不如乳臭小兒、賣菜傭早登科甲去了。就如唐時以詩取士，那李、杜、王、孟不是萬世推尊的詩祖？卻是李杜俱不得成進士，孟浩然連官多沒有，止有王摩詰一人有科第，又還虧得岐王幫襯，把鬱輪袍打了九公主關節，才奪得解頭。若不會夤緣鑽刺，也是不穩的。只這四大家尚且如此，何況他人？及至詩不成詩，而今世上不傳一首的，當時登第的原不少。」此篇小說正話敘江陵副使李君的功名富

貴，概由仙兄指點迷津而巧得，宣揚命定論，「數皆前定如此，不必多生妄想。那有才不遇時之人，也只索引命自安，不必抑鬱不快了」。凌濛初編撰這個故事，也未必能夠撫平胸中憤懣。

　　凌濛初秉持著士人入世理念，並不因科舉失利而淡化，崇禎七年（西元一六三四年）五十五歲時以副貢授上海縣丞，任上恪盡職守，催收租稅和體恤百姓，二者兼顧，頗得當地稱頌。又完成輸粟入都工程，革除鹽政弊端，政績卓然。八年後，崇禎十五年（西元一六四二年）擢為徐州判，分署房村料理河事。次年向徐州兵備道何騰蛟呈〈剿寇十策〉，深得何的賞識，遂延入其幕。崇禎十七年（西元一六四四年）在房村與叛軍作戰，誓言「生不能保障，死當為厲鬼殄賊」，嘔血不止而死，時年六十五歲。

　　凌濛初與馮夢龍是同時代的人，兩人出身經歷頗為相似，投身於小說戲曲創作卻不是偶然的。凌濛初的祖父凌約言，嘉靖十九年（西元一五四〇年）舉人，仕至全椒縣令、南京刑部員外郎，還經營出版業。其父凌迪知為嘉靖三十五年（西元一五五六年）進士，仕至兵部員外郎，編撰刊刻的書籍多種，桂芝館為其堂號。凌濛初科舉失意，也沒有做什麼大官，但他把家族傳下來的出版業經營得興旺發達，以刊刻朱墨套色印本而著稱於世，世稱「凌刻本」[01]。

01　詳見杜信孚《明代版刻綜錄》第四卷。

第三章　凌濛初和他的「二拍」

　　凌濛初作為封建士人從事通俗文學的小說戲曲創作，也和馮夢龍一樣，受王陽明、李贄的思想影響。他的小品文〈惑溺供〉[02]承襲李贄的「童心說」而稍有發揮，認為「情一則定」，情只要專一就無可指摘。在他的話本小說「二拍」中，青年男女婚前的性行為都被寫成風流韻事，絕少進行道德譴責。凌濛初對程朱理學的不恭，還表現在他的〈硬勘案大儒爭閒氣，甘受刑俠女著芳名〉（《二刻拍案驚奇》卷十二）將朱熹描繪成一個心胸狹窄、假公濟私的偏執昏官。朱熹為了陷害臺州太守唐仲友，嚴刑逼勒妓女嚴蕊招供與唐有奸，嚴蕊道：「身為賤妓，縱是與太守有奸，料然不到得死罪，招認了有何大害？但天下事真則是真，假則是假，豈可自惜微軀，信口妄言，以汙士大夫。今日寧可置我死地，要我誣人，斷然不成的。」作品指朱熹「狠毒」、「偏執」，撕破了這位長期被人崇仰的「大賢」的假面。

　　凌濛初學識廣博，才能多樣。詩文方面，據《湖州府志》卷五著錄有〈雞講齋詩文〉和《國門集》。《四庫全書總目》卷一八〇「集部別集類存目七」僅著錄《國門集》一卷、《國門乙集》一卷，〈提要〉云：「是集以皆入國門以後所作，故謂之國門。再入再刻，故有乙集也。二集並於詩末附雜文數篇。蓋屢躓場屋之時，故頗多抑鬱無聊之作云。」[03]

02　〈惑溺供〉見閔景賢、何偉然編《快書》卷二十四。閔景賢，字士行，是凌濛初的同鄉。
03　《四庫全書總目》，中華書局 1965 年版，第 1628 頁。

　　經學方面，著有《聖門傳詩嫡塚》十六卷和附錄一卷、《言詩翼》六卷、《詩逆》四卷，《四庫全書總目》對它們評價不高。所編之書有《東坡禪喜集》十四卷、《合評選詩》七卷、《陶韋合集》十八卷。曲學方面，著有《曲律》、《譚曲雜劄》、《南音三籟》等。他的文學成就主要在小說戲曲創作，尤其是小說。雜劇作品有「紅拂三傳」、〈顛倒姻緣〉、〈劉伯倫〉、〈禰正平〉、〈穴地報仇〉和〈宋公明鬧元宵〉等。「紅拂三傳」本事據唐杜光庭傳奇小說〈虯髯客傳〉改編，以一記分為三傳，祁彪佳《遠山堂劇品》云：「凌初成既一傳紅拂，再傳衛公，茲復傳虯髯翁，豈非才思鬱勃，故一傳、再傳至三傳而始暢乎？」[04]三傳今僅存〈北紅拂〉和〈虯髯翁〉，李靖一傳已佚。其他幾種雜劇，僅存〈宋公明鬧元宵〉。他的戲曲傳奇作品有〈合劍記〉、〈雪荷記〉和〈衫襟記〉，前兩種已佚，第三種僅存五個殘套，見凌濛初《南音三籟》。

　　小說創作有《拍案驚奇》和《二刻拍案驚奇》，合稱「二拍」。

第二節　　「二拍」的撰寫方式

　　凌濛初創作《拍案驚奇》是在天啟七年（西元一六二七年），那正是他科舉一再受挫，居住在南京極度苦悶的時候。〈二刻拍案驚奇小引〉追敘當年說：「丁卯（天啟七年）之秋事，附膚

---

04 《中國古典戲曲論著集成》第六冊，中國戲劇出版社 1959 年版，第 155 頁。

第三章　凌濛初和他的「二拍」

落毛，失諸正鵠。遲徊白門（南京），偶戲取古今所聞一二奇局可紀者，演而成說，聊舒胸中磊塊……為書賈所偵，因以梓傳請。遂為鈔撮成編，得四十種。」《拍案驚奇》完稿次年，即崇禎元年（西元一六二八年）由蘇州尚友堂刊刻問世。此書銷路甚暢，尚友堂主人慫恿凌濛初再寫續編，凌濛初說：「賈人一試之而效，謀再試之。余笑謂：『一之已甚。』顧逸事新語可佐談資者，乃先是所羅而未及付之於墨，其為柏梁餘材、武昌剩竹，頗亦不少。意不能恝，聊復綴為四十則。」（〈二刻拍案驚奇小引〉）

　　《二刻拍案驚奇》（以下簡稱「二刻」）當為四十篇，但原刊本已佚，今存尚友堂後修本號稱四十卷，其實缺兩卷，卷二十三〈大姊魂遊完宿願，小姨病起續前緣〉是從《拍案驚奇》（以下簡稱「初刻」）移入，卷四十〈宋公明鬧元宵雜劇〉是戲曲而非小說，也是移補進來充數的。原刊本佚去的兩篇，也就成了難解之謎了。

　　「初刻」和「二刻」共七十八篇話本小說，本事大多來源於文言的傳奇小說和野史筆記。同是據舊篇編撰「二拍」與馮夢龍編撰「三言」至少有兩點不同。第一，「三言」的來源有早期話本，「二拍」沒有；第二，「三言」的作品不止出自馮夢龍一人之手，「二拍」全部作品皆由凌濛初一人創制。這種差別顯示出話本小說發展的趨勢──距離「說話」越來越遠，文人的獨創

性越來越強。

　　「二拍」的作品常標明出處，這一點頗有點近似傳奇小說的作風。〈疊居奇程客得助，三救厄海神顯靈〉（「二刻」卷三十七）「入話」講到「正話」故事來源時說，這原是嘉靖年間的海神傳說，時任南京翰林院孔目的蔡林屋據此寫成〈遼陽海神傳〉，此篇是「據著傳文敷演出來」。〈陶家翁大雨留賓，蔣震卿片言得婦〉（「初刻」卷十二）的篇末交代故事來源說：「此本說話，出在祝枝山《西樵野記》中。事體本等有趣。只因有個沒見識的做了一本〈鴛衾記〉，乃是將元人〈玉清庵錯送鴛鴦被〉雜劇與嘉定篾工徐達拐逃新人的事三四件，做了個扭名糧長，弄得頭頭不了，債債不清。所以今日依著本傳，把此話文重新流傳於世，使人簡便好看。」《西樵野記》一名《野記》，作者祝允明，字希哲，號枝山，長洲人，弘治五年（西元一四九二年）舉人，官至應天通判。《野記》卷四記有餘杭人蔣霆片言得婦事。凌濛初所指〈鴛衾記〉，呂天成《曲品》著錄為沈璟所作，呂氏云：「聞有是事，局境頗新。妻之掠於汴也，章臺柳也。」[05]此劇已佚，不知是否是凌氏所指之〈鴛衾記〉。

　　凌濛初選取題材，大多從傳奇小說和野史筆記中物色，但也有個別作品改編自戲曲。如〈莽兒郎驚散新鶯燕，㻝梅香認合玉蟾蜍〉（「二刻」卷九）就是據葉憲祖（西元一五六六至西

05　《中國古典戲曲論著集成》第六冊，中國戲劇出版社 1959 年版，第 229 頁。

元一六四一年）雜劇〈四豔記〉之「冬豔」〈素梅玉蟾〉改編。這篇作品在敘事風格上與「二拍」其他作品有些差異，這差異主要表現在敘事中情節空間分割清晰，或者說場面分明，且對話甚多，這應該是戲曲敘事的遺存。

　　傳奇小說，尤其是其中的傳世之作，都是情節縝密、具有獨立藝術生命力的敘事作品，凌濛初將它們改成白話小說，究竟有多少創造性呢？「二拍」改寫所依據的傳奇小說，篇幅較長、鋪陳較多的莫過於《剪燈新話》，對於《剪燈新話》作品的改寫，凌濛初是發揮了藝術想像的，情節作了不少增飾，加強了細節，尤其是補充了人物心理描寫。《剪燈新話》卷一〈金鳳釵記〉被改寫成〈大姊魂遊完宿願，小姨病起續前緣〉（「初刻」卷二十三），傳奇小說寫興娘借小妹還魂，夜闖崔生臥室，欲「挽生就寢」，崔生婉拒，僅用不足二十字：

> 生以其父待之厚，辭曰：「不敢。」拒之甚屬，至於再三。

　　到了凌濛初筆下便放大了二十倍：

> 崔生大驚道：「娘子說那裡話？令尊令堂待小生如骨肉，小生怎敢胡行，有汙娘子清德？娘子請回步，誓不敢從命的。」女子道：「如今闔家睡熟，並無一個人知道的。何不趁此良宵，完成好事！你我悄悄往來，親上加親，有何不可？」崔生道：「欲人不知，莫若勿為。雖承娘子美情，萬一後邊有些風吹草動，被人發覺，不要說道無顏面見令尊，

第二節 「二拍」的撰寫方式

傳將出去，小生如何做得人成？不是把一生行止多壞了！」
女子道：「如此良宵，又兼夜深。我既寂寥，你亦冷落。難
得這個機會，同在一個房中，也是一生緣分。且顧眼前好
事，管甚麼發覺不發覺！況妾自能為郎君遮掩，不至敗露。
郎君休得疑慮，錯過了佳期。」崔生見他言詞嬌媚，美豔非
常，心裡也禁不住動火。只是想著防禦相待之厚，不敢造
次。好像個小兒放紙炮，真個又愛又怕。卻待依從，轉了一
念，又搖頭道：「做不得，做不得！」只得向女子哀求道：「娘
子，看令姊興娘之面，保全小生行止罷！」

原著「拒之甚厲，至於再三」，在這裡演繹得淋漓盡致，興
娘鬼魂的嬌媚和任情，崔生廉恥禮儀之心和見色心動之情的矛
盾，都形象地呈現了出來。這就像左丘明傳《春秋》，不只是單
純數量的放大，其中是含有文學創意的。

「二拍」所依據的文言小說作品，像《剪燈新話》這樣敘
事縝密的只是少數，多數情況是情節簡略的文言之作在凌濛初
手上舊貌換新顏。〈轉運漢遇巧洞庭紅，波斯胡指破鼉龍殼〉
（「初刻」卷一）的素材來自周玄《涇林續記》，原本僅數百字，
話本小說則有一萬數千字。量的擴張是一個方面，更重要的是
質的改變。原本的主人公叫蘇和，出海賣橘獲重利，又偶得
鼉龍殼發了大財。按《涇林續記》所寫，「閩、廣奸商慣習通
番」，蘇和乃奸商無疑。明朝禁止海外貿易，洪武二十七年（西
元一三九四年）朝廷嚴禁私下通番互市，成祖雖有鄭和下西洋

之舉，但並未廢止私通海外之禁，這種閉關鎖國的政策在明代後期已經失效，然而政府公文上卻未廢止。周玄稱「通番」貿易者為奸商不足為怪。凌濛初卻不這樣認為，他把海外貿易發財的主人公寫成正面人物，將蘇和改名文實，字若虛，籍貫從「閩廣」改為蘇州長洲，所販「福橘」改成太湖特產「洞庭紅」。這些改動也許是出於凌濛初熟悉太湖流域的物產風俗和商業文化之故，寫起來得心應手；值得注意的是寫文若虛為一個頗有文墨但生意屢遭失敗的商人，出海貿易也不是為了發財，只為看看海外風光而已。鼉龍殼賣給波斯商人，顯見得吃了大虧，文若虛並不接受周邊人要向波斯商人加錢的慫恿，「不要不知足……我們若非這主人識貨，也只當得廢物罷了，還虧他指點曉得，如何還好昧心爭論」？顯見得是一位存心忠厚的商人，與「奸」字沾不上邊。

　　將文言小說按話本小說體制「演而暢之」，從選材到改寫，都融入了凌濛初個人的情志，這種「二拍」的撰寫方式，也是話本小說發展中的歷史階段性特徵。

第三節　晚明社會的浮世繪

　　「二拍」素材多取自明人文言小說和當時民間傳說。凌濛初〈拍案驚奇序〉說：「獨龍子猶氏所輯《喻世》等諸言，頗存雅道，時著良規，一破今時陋習；而宋、元舊種，亦被搜括殆盡。」他

從明代文言小說和傳說中搜羅素材，也是不得已的事情。然而這也造就了「二拍」多寫明代社會的特色。

如果說馮夢龍「三言」聚焦在「情」，那麼，凌濛初「二拍」則更關注社會問題。話本小說皆以「奇」為貴，無不追求故事的奇特和曲折，「二拍」以「拍案驚奇」為書名，自然也沒有脫離傳統。但凌濛初強調他著重寫的是耳目之內日用起居中的「奇」，不屑於「向耳目之外索譎詭幻怪」，其描寫現實生活的特性就此鑄定。「二拍」七十八篇作品所描寫的主要是明代中期以來的種種社會實相，志誠商人的發財奇遇，狡詐市儈的欺人害己，青年男女情愛的悲喜劇，貪官汙吏的魚肉百姓，拜金煉丹的荒唐鬧劇，縱欲殺身的種種公案，家族倫理的崩潰危機等。「二拍」的世界裡，活躍著的大都是市井小人物，如商人、儒生、村姑、胥吏、妓女、僧侶、俠士、盜匪和江湖騙子等。少數篇什也涉及神鬼幽冥，而非全書的主調。「二拍」的主調是寫實，以形形色色的故事呈現出一幅明末社會日薄西山色彩慘澹的浮世繪。

「二拍」寫男女情愛的作品不少，如同「三言」一樣，強調婚姻中以情為重。「情」不僅突破禮教束縛，且可以超越生死。這些作品中的女性，多是不顧封建婦道名節的大膽追求愛情幸福的少女。〈大姊魂遊完宿願，小姨病起續前緣〉（「初刻」卷二十三）的興娘因婚事延宕鬱鬱而死，死後靈魂不隨身軀泯滅，

第三章　凌濛初和他的「二拍」

借小妹之體去幽會未婚夫。以傳統眼光視之，這大有淫奔之嫌，但作品辯解說，「要知只是一個情字為重」。〈通閨闥堅心燈火，鬧圖圄捷報旗鈴〉（「初刻」卷二十九）中的羅惜惜與張幼謙青梅竹馬，早就以心相許，可是父母嫌貧愛富，強迫她另嫁他人，她心不甘，主動邀約張幼謙來閨房幽歡，她說：「我此身早晚拼是死的，且盡著快活。就敗露了，也只是一死，怕他什麼？」這種以情為重的擇配舉動，自然與封建婚姻制度相衝突，「父母之命，媒妁之言」，「門當戶對」，在情的面前似乎都可以不顧了。〈莽兒郎驚散新鶯燕，㻁梅香認合玉蟾蜍〉（「二刻」卷九）中的素梅愛的是鳳來儀，而外婆卻要她嫁給一個新科進士，素梅甚至要以死相拒。媒婆大惑不解，過門就做夫人，有何不好？素梅侍女龍香道：「夫妻面上只要人好。做官有什麼用處？」將「情」放在功名利祿之上，這在封建勢利社會裡是極為難得的。不過作者未將這對戀人的結局寫成悲劇，反而歪打正著，曲曲彎彎地寫成一場喜劇。〈小道人一著饒天下，女棋童兩局注終身〉（「二刻」卷二）寫圍棋高手周國能以棋擇妻，題材新穎，以棋藝為媒介締結婚姻不同於傳統的以詩傳情，但也背離了封建婚姻的原則。

　　與情愛、婚姻關聯的夫妻倫理中的貞節觀念，「二拍」亦如「三言」也有突破的地方。〈姚滴珠避羞惹羞，鄭月娥將錯就錯〉（「初刻」卷二）寫一樁拐賣婦女案，被拐的姚滴珠與買她的吳

大郎竟兩情相悅，滴珠「只恨相見之晚」，略無失節的羞慚。此拐賣案告破，她與丈夫「仍舊完聚」，她丈夫似乎並不拒絕已經失身的妻子。此篇重點不在寫情，但也透露出商人世界裡，貞節觀念已經相當淡薄。再看一個秀才的家庭，〈酒下酒趙尼媼迷花，機中機賈秀才報怨〉（「初刻」卷六）寫賈秀才的妻子被人騙奸，妻子欲要自刎，賈秀才說：「不要短見，此非娘子自肯失身。」並與妻子合謀，設計除掉了仇人，後來夫妻「越相敬重」。〈張溜兒熟布迷魂局，陸蕙娘立決到頭緣〉（「初刻」卷十六）的嘉興舉子沈燦若到京會試，中了騙子的美人計，但得到了騙子之妻也就是釣餌的陸蕙娘的幫助，跳出陷阱，並且娶了陸蕙娘為妻。沈燦若作為一名進士和朝廷命官，一點也不在乎陸蕙娘曾是他人之妻，並尊她做了夫人。以上幾篇作品並不是正面描寫夫妻倫理，種種騙局才是它們的主題，不過個中透露出來的貞節觀念，確實已經弱化。

　　〈滿少卿饑附飽颺，焦文姬生仇死報〉（「二刻」卷十一）講述的是一個男子負心遭報的故事，篇中有一段議論，指出用「貞節」套在女子身上是極不合理的：「天下事有好些不平的所在。假如男人死了，女人再嫁，便道是失了節，玷了名，汙了身子，是個行不得的事，萬口訾議。及至男人家喪了妻子，卻又憑他續弦再娶，置妾買婢，做出若干的勾當，把死的丟在腦後，不提起了，並沒人道他薄幸負心，做一場說話。就是生前

第三章　凌濛初和他的「二拍」

房室之中，女人少有外情，便是老大的醜事，人世羞言；及至男人家撇了妻子，貪淫好色，宿娼養妓，無所不為，總有議論不是的，不為十分大害。所以女子愈加可憐，男人愈加放肆，這些也是伏不得女娘們心裡的所在。」在封建禮教和男尊女卑的宗法社會裡，凌濛初的這種思想，當然是大逆不道的。以上幾篇作品其實都滲透著這種觀念。

寫商人的作品，在「二拍」中占有較大的比重。在凌濛初看來，經商絕不是什麼賤業。他筆下的商人，有唯利是圖、見利忘義的狡詐之輩，如〈韓秀才乘亂聘嬌妻，吳太守憐才主姻簿〉（「初刻」卷十）的不講信義、倚富欺貧的徽商金朝奉，〈衛朝奉狠心盤貴產，陳秀才巧計賺原房〉（「初刻」卷十五）的開當鋪、欺貪克剝的衛朝奉，但多數作品的商人還是正面形象。〈韓侍郎婢作夫人，顧提控掾居郎署〉（「二刻」卷十五）入話中的徽商就是一個不圖報、不好色的救困扶危的君子。〈烏將軍一飯必酬，陳大郎三人重會〉（「初刻」卷八）入話所寫的蘇州王生經商屢遭盜劫，弄得灰心喪氣、一蹶不振，給他投資的嬸母並不氣餒，鼓勵他「不可因此兩番，墮了家傳行業」。稱商為家傳行業，頗有榮譽感和百折不撓的精神。其正話則寫商人陳大郎在江湖上因為重情義，而與大盜烏將軍發生的一段傳奇性故事。〈程元玉店肆代償錢，十一娘雲岡縱譚俠〉（「初刻」卷四）寫徽商與俠女萍水相逢的一段交情，程元玉作為商人卻無銅臭氣，

這是俠女與他結交的原因所在。〈疊居奇程客得助，三救厄海神顯靈〉（「二刻」卷三十七）說「徽州風俗，以商賈為第一等生業，科第反在次著」，程宰棄儒經商失敗，流落遼陽，竟得海神青睞，不僅夜侍枕席，而且指點經商門徑，使他遇難呈祥。「人神戀」是小說的一個母題，而神女與經商俗人相戀，卻是前無古人的。值得注意的是海神只給程宰提供市場訊息，卻不賜給金銀，她說：「你若要金銀，你可自去經營，吾當指點路徑，暗暗助你，這便使得。」程宰獲得暴利，仍是經由商業正道。

　　對官場衙門和土豪劣紳的揭露，是「二拍」的重要話題。〈烏將軍一飯必酬，陳大郎三人重會〉篇首有一段議論道：「話說世人最怕的是個『強盜』二字，做個罵人惡語。不知這也只見得一邊。若論起來，天下那一處沒有強盜？假如有一等做官的，誤國欺君，侵剝百姓，雖然官高祿厚，難道不是大盜？有一等做公子的，倚靠著父兄勢力，張牙舞爪，詐害鄉民，受投獻，窩贓私，無所不為，百姓不敢聲冤，官司不敢盤問，難道不是大盜？有一等做舉人、秀才的，呼朋引伴，把持官府，起滅詞訟，每有將良善人家拆得煙飛星散的，難道不是大盜？」〈進香客莽看金剛經，出獄僧巧完法會分〉（「二刻」卷一）就描寫了一個貪婪狠毒又粗鄙無知的常州太守，他聽說太湖洞庭山某寺院所藏白居易手書之《金剛經》是價值千金的古董，遂不惜將該寺住持抓進監獄，逼勒《金剛經》到手。一看是一部缺了開

第三章　凌濛初和他的「二拍」

頭一頁的紙色晦黑的冊子，大為掃興，遂發還本主，釋放了住持。幸虧這位太守有眼無珠，否則這部珍本文物的命運就難以想像了。這太守不是強盜是什麼？

〈青樓市探人蹤，紅花場假鬼鬧〉（「二刻」卷四）中的楊僉憲任上貪汙納賄，窮凶極惡，罷官回鄉，又成地方一霸，無惡不作，私養盜者三十多人，坐地分贓。為了賴掉五百兩欠款，竟把來要帳的主僕五人全部殺掉滅口。其狼心狗行，甚於強盜。〈遲取券毛烈賴原錢，失還魂牙僧索剩命〉（「二刻」卷十六）寫一樁欺占田產案，欺占者行賄衙門，被欺占者告狀反遭脊杖，不斷上告，不斷被駁回，無奈之下只有祈求神靈主持公道，最後是陰府了斷此案。官府貪贓枉法，百姓求告無門，這大概就是晚明的社會真實。

「二拍」描寫公案的作品，寫官府刑偵破案的有〈奪風情村婦捐軀，假天語幕僚斷獄〉（「初刻」卷二十六）、〈青樓市探人蹤，紅花場假鬼鬧〉、〈許察院感夢擒僧，王氏子因風獲盜〉（「二刻」卷二十一）、〈張員外義撫螟蛉子，包龍圖智賺合同文〉（「初刻」卷三十三）等，其中描寫了像包龍圖、許察院這樣的清官，但多有神化之嫌，如夢感、鬼神之助等，唯〈青樓市探人蹤，紅花場假鬼鬧〉是靠探員的智慧拿到楊僉憲殺人的證據，然較〈醒世恆言‧勘皮靴單證二郎神〉還是要遜色得多。「二拍」所寫的公案，有些並不是官府所破，如〈姚滴珠避羞惹羞，

鄭月娥將錯就錯〉的拐騙婦女案，〈酒下酒趙尼媼迷花，機中機買秀才報怨〉的姦汙案，〈惡船家計賺假屍銀，狠僕人誤投真命狀〉的假屍詐騙案，都是機緣巧合，民間了斷。對於衙門審案只靠刑訊，〈許察院感夢擒僧，王氏子因風獲盜〉批評說：「話說天地間事，只有獄情最難測度。問刑官憑著自己的意思，認是這等了，坐在上面只是敲打。自古道：『箠楚之下，何求不得？』任是什麼事情，只是招了。見得說道：『重大之獄，三推六問。』大略多守著現成的案，能有幾個伸冤理枉的？」

　　科舉，是凌濛初不能釋懷的情結。〈華陰道獨逢異客，江陵郡三拆仙書〉（「初刻」卷四十）的入話一口氣講了七個發生在科場的鬼神弄人的故事，正話所寫之李君，由於得到神秘白衣人三封密信，按信中指點，意外獲得大筆遺產，博得金榜題名，壽終正寢。作者感慨科舉是命裡註定，不在本人有才無才。他在〈通閨闥堅心燈火，鬧圖圇捷報旗鈴〉開篇就批評當局選人只看科甲出身，「不是科甲的人，不得當權」，令天下英雄豪傑不得其用；而科甲出身的，即便「貪如柳盜蹠，酷如周興、來俊臣」，被參論倒了，轉眼又高官大祿。所以他寫秀才張幼謙因「姦情」被押，忽傳來鄉試高中的捷報，瞬間從囚徒變成乘龍快婿，中舉的「一床錦被」，將他「沒脊樑、惹羞恥的事」完全遮蓋了起來。作者是同情張幼謙與羅惜惜的愛情的，但對中舉有如此之魔力，則給予了諷刺。

第三章　凌濛初和他的「二拍」

　　家庭倫理是「二拍」關注的另一問題，〈趙六老舐犢喪殘生，張知縣誅梟成鐵案〉（「初刻」卷十三）寫溺愛嬌養獨子，換來的晚年慘遭獨子虐待。〈張員外義撫螟蛉子，包龍圖智賺合同文〉和〈占家財狠婿妒侄，延親脈孝女藏兒〉（「初刻」卷三十八）寫為爭家產，骨肉至親反目成仇。〈懵教官愛女不受報，窮庠生助師得令終〉（「二刻」卷二十六）寫三個女兒對老父的勢利不孝。凌濛初在這些作品中所極力維護的還是封建宗法倫理秩序。

　　「二拍」還暴露了晚明社會風氣江河日下的頹敗情形，好貨、好賭、好色以及種種利用人的這種心態的騙局。〈沈將仕三千買笑錢，王朝議一夜迷魂陣〉（「二刻」卷八）、〈丹客半黍九還，富翁千金一笑〉（「初刻」卷十八）、〈趙縣君喬送黃柑，吳宣教幹償白鏹〉（「二刻」卷十四）等，都是描寫騙局的，作者描寫的重點不在騙子，而是被騙的人，是他們的貪欲，好財、好賭、好色，給了騙子以可乘之機。

　　「二拍」講述的大多是耳目之內日用起居之中的奇事，雖奇卻真實可信。凌濛初的選材著眼於芸芸眾生的平凡生活，與馮夢龍一樣，既是「說話」中「小說」一家傳統的繼承，也是受到晚明思潮的影響。李贄有「邇言」之說：「如好貨、如好色、如勤學、如進取、如多積金寶、如多買田宅為子孫謀，博求風水為兒孫福蔭，凡世間一切治生、產業等事，皆其所共好而共

習、共知而共言者，是真『邇言』也……我之所好察者，百姓日用之『邇言』也。」[06] 道學家認為那些至鄙至俗、極淺極近的人事，在李贄一派的凌濛初眼裡，因為其真，所以為善。也正因為如此，「二拍」給我們留下了晚明社會的真實影像。

第四節 「二拍」敘事藝術特點

「二拍」的編撰直接受「三言」的影響，凌濛初在〈拍案驚奇自序〉中說得很清楚，馮夢龍的「三言」行銷頗暢，出版商見有利可圖，遂動員他踵其後而綴之。「二拍」是「三言」的繼續，但風格與「三言」並不相同，不論是選材還是敘事，「二拍」都有自己的個性。

話本小說的體制，「三言」已基本奠定。「二拍」的發展是把「入話」模式化。「三言」大多作品有「入話」但不絕對都有，凌濛初顯然十分重視「入話」的存在，「二拍」每篇都有「入話」，「入話」絕大多數都由一個獨立的故事充任，這個故事或者與正話的故事有某種相同點，如《姚滴珠避羞惹羞，鄭月娥將錯就錯》的入話講的是靖康之亂中宋朝柔福公主被金人擄去已死，汴梁一個女巫面貌絕似柔福公主，竟冒充公主在南宋享受榮華富貴。正話中的妓女鄭月娥與失蹤的姚滴珠容貌廝像，也弄出了一場稀奇的官司來。入話與正話的主題不同，但兩人容貌廝

---

06 李贄：《焚書》卷一〈答鄧明府〉，中華書局 1975 年版，第 40 頁。

第三章　凌濛初和他的「二拍」

像這一點，使它們聯結起來。也有入話與正話的主題思想相近者，如〈轉運漢遇巧洞庭紅，波斯胡指破鼉龍殼〉的入話講一個商人積存一生的八錠白銀，平白地跑到別人家去了，正話則講文若虛出海貿易無意中發了大財，兩個故事都表達一個理念：「人生功名富貴，總有天數……真所謂時也、運也、命也。」這入話就有點題正話的作用。還有入話與正話相反相成，〈韓秀才乘亂聘嬌妻，吳太守憐才主姻簿〉的入話講春秋鄭國徐大夫之女拒嫁顯貴的公孫黑，執意下嫁窮困卑微的公孫楚，事實證明徐小姐慧眼識英雄，不昧於眼前的富貴尊榮；正話正相反，金朝奉嫁女完全是一雙勢利眼，朝廷點秀女，風頭上忙忙將女兒許給窮秀才，風頭一過便毀約賴婚，不識窮秀才是個真人才。

「二拍」的入話有少數不是講故事，而是大發議論。〈丹客半黍九還，富翁千金一笑〉的入話從唐寅的四句詩引出一段對煉丹騙術的揭露和剖析。〈李公佐巧解夢中言，謝小娥智擒船上盜〉（「初刻」卷十九）據唐李公佐〈謝小娥傳〉演繹，入話歷數中國歷史上的女中豪傑，盛讚巾幗不讓鬚眉。〈疊居奇程客得助，三救厄海神顯靈〉入話分析〈周秦行紀〉、〈后土夫人傳〉等作品對於鬼神的虛構，先抑後揚，論說正話所敘遼陽海神的真實可信。

「二拍」與「三言」在敘事中都不遮飾「講述者」的存在，講述者無所不知，故事中人物的隱私無不在他的視野之中。「二

「拍」的「講述者」則顯得更強勢，凌濛初在敘述中不僅詮釋情節中的某些風俗、名物和典章制度，對於故事中的某個重要細節特別加以解說，而且格外喜歡站出來評論。「二拍」敘述插入大段議論，是它不同於「三言」的特色。

〈趙司戶千里遺音，蘇小娟一詩正果〉（「初刻」卷二十五）寫錢塘名妓蘇盼奴與太學生趙不敏的生死愛戀，作者插入議論，論妓女制度的起源、對社會的危害、妓女的生存狀態以及少數妓女欲改變自己的處境的掙扎。〈華陰道獨逢異客，江陵郡三拆仙書〉入話夾敘夾議，列舉七個科場的事例來論證科舉中與不中，不在才學，而在命運，都是鬼神弄人。此番議論，酣暢淋漓地表達了作者科場失意的憤懣不平。〈滿少卿饑附飽颺，焦文姬生仇死報〉對封建宗法社會的男女地位不平等的抨擊，亦可謂擲地有聲。

游離出情節的議論，廣義地講還包括插入在敘事中的詩詞韻文，這是「說話」技藝表演形成的傳統。作為書面文學的話本小說，其主題思想主要還是要藉由故事情節來表現，作者直接發表議論，畢竟是形象以外的附加成分。議論過多，是「二拍」的一個特點，但也未必是一個優點。「二拍」的文人氣重於「三言」，除了選題的旨趣和語言的風格之外，「議論」也是表徵之一。

「二拍」和「三言」都是晚明的作品，梓行時影響不小。它

第三章　凌濛初和他的「二拍」

們加起來篇幅有二百之多，廣大讀者難以盡覽，於是有選本的刊行。明末「抱甕老人」選輯《今古奇觀》四十卷，選「三言」二十九篇，「二拍」十一篇，該書「笑花主人」〈序〉云：「《喻世》、《警世》、《醒世》三言，極摹人情世態之岐，備寫悲歡離合之致，可謂欽異拔新，洞心目，而曲終奏雅，歸於厚俗。即空觀主人壺矢代興，爰有《拍案驚奇》兩刻，頗費搜獲，足供譚塵。合之共二百種，卷帙浩繁，觀覽難周。且羅輯取盈，安得事事皆奇僻？……而抱甕老人先得我心，選刻四十種，名為《今古奇觀》。」此選本對於「三言」中據舊話本改編之作多有不取，選擇重點在描摹人情世態之作，出版之後廣為流行，而「三言」、「二拍」全本反湮沒無聞。直到20世紀，庋藏在日本的「三言」、「二拍」版本才被照相複製回來。

第四章

《型世言》及其他

第四章　《型世言》及其他

　　自天啟初年《喻世明言》問世以後的二十多年間，話本小說創作呈現出一個繁榮的局面，今存的作品除「三言」、「二拍」之外，還有《石點頭》（崇禎初年）、《鼓掌絕塵》（崇禎四年）、《型世言》（崇禎五年前後）、《歡喜冤家》（崇禎十三年）、《西湖二集》（崇禎間）、《宜春香質》、《弁而釵》（崇禎末）等。崇禎十七年（西元一六四四年）明朝崩亡，話本小說仍然沿著自己的軌跡向前發展，不過那已屬於清朝的文學了。

第一節　陸人龍《型世言》

　　《型世言》全稱《崢霄館評定通俗演義型世言》，十卷四十回，每回為一篇話本小說。存崇禎五年（西元一六三二年）前後杭州翠娛閣原刊本（藏韓國首爾大學奎章閣圖書館）。[01]

　　作者陸人龍，字君翼，浙江錢塘（今杭州）人。曾以「平原孤憤生」筆名編撰時事小說《遼海丹忠錄》。《型世言》的評點者陸雲龍（字雨侯）是他的兄長，著有時事小說《魏忠賢小說斥奸書》和詩文集《翠娛閣近言》，經營有書坊「崢霄館」，刊刻小說《禪真後史》及其他書籍多種。《型世言》第十六回回末陸雲龍評曰：「予生母身生予姐弟凡五人，而嫡母倪悉視猶已出，各觀其成人。兩母又茹荼飲苦，稱未亡者二十餘年。三遷斷機，不殊孟；截髮剉薦，不殊陶。」可知陸雲龍、陸人龍兄弟還有三個

01　詳見陳慶浩《型世言・導言》，中央研究院中國文哲研究所影印本 1992 年版卷首。

姐妹，父親早逝，嫡母和生母將他們培養成人。陸氏兄弟在科場上都不得意，但關注國事和世風，編撰時事小說，話本小說《型世言》也都寫本朝的故事，指點江山的憤激之情溢於言表。

《型世言》成書在崇禎六年（西元一六三三年）之前，根據是崇禎六年序刊本《皇明十六家小品》所附「徵文啟事」謂「刊《型世言》二集，徵海內異聞」，說明《型世言》已經成書。其成書上限不會早於崇禎元年（西元一六二八年），第二十五回《凶徒失妻失財，善士得婦得貨》寫的是崇禎元年七月浙江颱風海嘯大災中的故事，成書當在此年之後。考慮到崢霄館為《型世言二集》徵文應當在《型世言》成書後不久，其第二回〈千金不易父仇，一死曲伸國法〉、第三十八回〈妖狐巧合良緣，蔣郎終偕伉儷〉與「二刻」卷三十一、卷二十九的故事相同，但兩書皆獨自創作，絕無抄襲之嫌，陸人龍和凌濛初都是浙江人，刊刻「二拍」的尚友堂在蘇州，刊刻《型世言》的崢霄館在杭州，相距極近，若不是同時寫成，則不大可能發生雷同。「二刻」刊於崇禎五年（1632），故推斷《型世言》成書亦在此年前後。

《型世言》之不同於「三言」、「二拍」，一是關注時事和世風，二是說教意圖強烈。

《型世言》以明朝重大時事政治事件為題材的作品引人注目。第一回〈烈士不背君，貞女不辱父〉敘死於「靖難」的鐵鉉的二女被明成祖發往教坊為娼，二女守貞不屈，幸得赦出，與

第四章 《型世言》及其他

冒死救助鐵家眷屬的高秀才成婚。「靖難」中，鐵鉉守濟南，成祖朱棣攻城不下，登位後擒殺鐵鉉，發其二女入教坊司。成化、正德人王鏊《王文恪公筆記》所記〈鐵布政二女詩〉[02]，亦見於小說，但略有異字。第八回〈矢智終成智，盟忠自得忠〉敘「靖難」中建文帝削髮為僧逃出南京，翰林院編修程濟伴隨建文帝逃到西南，歷經艱辛，隱匿四十年，於正統庚申（五年）回到京師，而程濟則與胡僧飄然而去，不知所終。建文帝在「靖難」中焚死是永樂間所修《實錄》之定論，但坊間多稱未死，此篇即持未死之說。小說所敘建文帝進京途中所作「牢落西南四十秋」詩，見於無名氏《建文皇帝遺跡》[03]、王鏊《王文恪公筆記》[04]、祝允明《前聞記》[05]、周清源《西湖二集》卷二十五《吳山頂上神仙》，各篇字句略有不同。

　　「靖難」是明朝發生的影響深遠的政治事件。建文帝是明太祖朱元璋的嫡孫，又是朱元璋欽定的皇位繼承人，身為藩王的朱棣以「清君側」為名發動「靖難」，奪了皇位。以封建禮法衡之，這是「篡弒」。做了皇帝的朱棣為了封住天下人的口，大肆殺戮持禮教宗法之批評者。方孝孺拒不為朱棣起草即位詔，被夷十族。宋端儀《立齋閑錄》（輯入《國朝典故》）記錄這場殺

02　鄧士龍輯：《國朝典故》卷六十一，北京大學出版社 1993 年版，第 1362 頁。

03　鄧士龍輯：《國朝典故》卷十九，北京大學出版社 1993 年版，第 337 頁。

04　鄧士龍輯：《國朝典故》卷六十一，北京大學出版社 1993 年版，第 1362 頁。

05　鄧士龍輯：《國朝典故》卷六十二，北京大學出版社 1993 年版，第 1416 頁。

戮頗詳。魯迅曾說：「我常說明朝永樂皇帝的兇殘，遠在張獻忠之上，是受了宋端儀的《立齋閑錄》的影響的。」（《且介亭雜文‧病後雜談之餘》）朱棣殘酷殺戮並不能平天下士人之心，正德以後陸續有朝臣奏請給建文帝加廟諡，而且野史筆記多有記載死於「靖難」諸臣的忠烈事蹟者，《型世言》此兩篇作品就是這種翻案潮流中的一點浪花。

　　第七回〈胡總制巧用華棣卿，王翠翹死報徐明山〉敘嘉靖三十五年（西元一五五六年）胡宗憲平江、浙倭寇之役，重點表現在此役中對平寇貢獻極大的王翠翹。王翠翹原為娼妓，被海盜首領徐海掠為壓寨夫人，她勸說徐海歸降政府，徐海配合官軍剿寇，卻被暗算殞命，王翠翹投江以殉。小說讚她忠義彪炳一世。王翠翹的事蹟，現知最早記載的是徐學謨的〈王翹兒傳〉，收在萬曆五年（西元一五七七年）刊刻的《徐氏海隅集》文編卷十五。[06]小說情節大體依據此傳，只是將官軍委派暗中與王翠翹聯絡的華老人，改為曾與王翠翹有情有恩的中年人華棣卿，並且在眾人對話中抨擊嚴嵩弄權（權臣在內，大將難干其功），使背景更清晰，故事更生動。第十七回〈逃陰山運智南還，破石城抒忠靖賊〉敘正統十四年（西元一四四九年）土木堡之役項忠被俘逃脫的傳奇經歷和成化四年（西元一四六八年）項忠征討固原土官滿四據石城反叛的戰功，極力讚揚項忠的忠

06　詳見陳益源《王翠翹故事研究》，西苑出版社 2003 年版。

第四章 《型世言》及其他

義智勇。作者創作此篇之際，正是明朝內憂外患、風雨飄搖之時，呼喚項忠這樣的忠義能臣，乃是處於危局中的士人的一種期盼。

《型世言》敘述重大歷史事件固然有他的政治傾向，但也表現了鮮明的道德勸懲的意向。鐵鉉二女的節，程濟的忠，王翠翹的義，項忠的忠勇堅毅，在作者看來，皆可為「世型」，堪以匡正江河日下的世風。《型世言》描寫市井道德題材的作品更多，如第二回〈千金不易父仇，一死曲伸國法〉、第三回〈悍婦計去孀姑，孝子生還老母〉、第四回〈寸心遠格神明，片肝頓蘇祖母〉等演繹一個「孝」字，第五回〈淫婦背夫遭誅，俠士蒙恩得宥〉敘述的是一椿風月偷情的故事，姦夫殺了淫婦，原因在於淫婦對丈夫不義，姦夫又不忍別人受冤屈，法場自首。義，成為本篇的主題。本書題名《型世言》，「型世」即樹型於今世，其道德勸誡的宗旨被放在創作的首要地位，而這也正是它與「三言」、「二拍」在旨趣上有差異的地方。

《型世言》說教氣味濃厚，藝術性自然會受到削弱，它在敘事技巧方面，也明顯不及「三言」、「二拍」。其第二回〈千金不易父仇，一死曲伸國法〉與「二刻」卷三十一〈行孝子到底不簡屍，殉節婦留待雙出柩〉講的是同一故事，其第三十八回〈妖狐巧合良緣，蔣郎終偕伉儷〉與「二刻」卷二十九〈贈芝麻識破假形，擷草藥巧諧真偶〉講的也是同一故事，將同一故事的兩種文

本對比一下，孰高孰低即一目了然。「二刻」的細節描寫比《型世言》豐富，人物性格比《型世言》豐滿。《型世言》第二回寫孝子王世名，其妻只是身邊的一個符號，最後交代一句，「他妻子也守節，策勵孤子成名」了事。「二刻」卻用了較多篇幅寫他妻子俞氏深明大義，待丈夫停喪三年後絕食自盡，「殉節婦留待雙出柩」。《型世言》第三十八回寫蔣生家在武昌，他所愛慕的女子家在漢陽，兩家僅一江之隔，而且兩家都是商賈，即使沒有妖狐仙草做媒，聯姻並非絕無可能。「二刻」卻做了一番處理，寫蔣生家在浙江，女子乃仕宦人家小姐，誠如蔣生自思：「他是個仕宦人家，我是個商賈，又是外鄉。雖是未許下丈夫，料不是我想得著的。」這樣，妖狐的媒人的作用就無比的放大了，作品的生動性也就加強得多了。

　　《型世言》版行不久即被盜印改題《幻影》、《三刻拍案驚奇》，入清以後又有二十四回被采入《別本二刻拍案驚奇》，《型世言》反而少為人知。[07]

第二節　《石點頭》

　　《石點頭》十四卷，每卷一篇小說。作者署名「天然癡叟」。本書龍子猶（馮夢龍）〈序〉云：「《石點頭》者，生公在虎丘說

07　詳見陳慶浩《型世言·導言》，《型世言》影印本卷首，中央研究院中國文哲研究所1992年版。

第四章　《型世言》及其他

法故事也……浪仙氏撰小說十四種，以此名篇。」可知「天然癡叟」又號「浪仙」。胡士瑩指出「盧前〈飲虹簃所刻曲〉第四輯有張瘦郎〈步雪初聲〉，末附席浪仙曲三套。馮夢龍序〈步雪初聲〉云：『野青氏年少雋才，所步《花間集》韻，既奪宋人之席，復染指南北調，感詠成帙，浪仙子從而和之，斯道其不孤矣」[08]。崇禎初年編撰《玉鏡新譚》的朱長祚亦號浪仙。王重民說：「觀其（《玉鏡新譚》）雕版刻劃，頗似蘇、杭，則長祚疑是南人。」[09] 該書記敘魏忠賢閹黨與東林黨鬥爭史事，所持立場同於《魏忠賢小說斥奸書》。三位署「浪仙」者，是否為一人，尚待考實。《石點頭》由馮夢龍作〈序〉並點評，《石點頭》與《醒世恆言》均由金閶葉敬池刊刻，可見作者與馮夢龍的交情匪淺。韓南認為《醒世恆言》中有多篇出自浪仙之手[10]，此又可備一說。

　　傳說晉代高僧道生法師在蘇州虎丘聚石為徒，開講《涅槃經》，群石聞法而悟，為之點頭。本書以此為名，其創作宗旨為頑夫俀子勸善說法，一望可知。十四篇作品，道德說教色彩不讓《型世言》。與《型世言》不同的是，故事題材多取自明代以前的文言小說，並不專注明代一朝，且沒有寫明朝的重大歷史事件。其道德說教，若與「三言」相比，就顯得格外迂腐。《石點頭》卷二〈盧夢仙江上尋妻〉中李妙惠的丈夫上京應試不歸，

08　胡士瑩：《話本小說概論》第十三章，中華書局 1980 年版，第 504、505 頁。

09　王重民：《中國善本書提要》，上海古籍出版社 1983 年版，第 398 頁。

10　參見韓南《中國白話小說史》，尹慧瑉譯，浙江古籍出版社 1989 年版。

誤傳死於京中，公公為圖錢財逼她改嫁他人，她心如鐵石，寧死斷不受汙，最終得與丈夫團圓。塑造了一位節婦。卷四〈瞿鳳奴情愆死蓋〉寫商人之女瞿鳳奴與寡母同事孫三郎，遠房宗族為圖占瞿家產業，告發孫三郎奸占孤孀幼女，強迫鳳奴改嫁，鳳奴誓為孫三守節，孫三以自宮明志，瘡口不合而死，鳳奴隨後自縊。市井中的鳳奴也算是有節的婦人。卷十〈王孺人離合團魚夢〉的喬氏與丈夫避兵火遷往臨安，不幸被拐與丈夫離散，被賣與他人做妾，後來丈夫做官幾經周折終於復為夫婦，但喬氏囑咐她死後不與丈夫合葬，只因自己中途轉適了他人，於節有虧。喬氏在反抗壞人凌辱時無比剛烈，完全是一位受害的弱者，可是卻擺脫不了貞節觀念的束縛，而作者則對她這不可思議的舉動讚賞不已。卷十一〈江都市孝婦屠身〉取材於《太平廣記》卷二七〇〈周迪妻〉，敘戰亂中百姓以人相食，妻子為助丈夫歸家養親，自賣給人屠宰，其慘烈之狀令人唏噓，但作者卻意在表現宗二娘之「孝」。

《石點頭》所塑造的李妙惠、瞿鳳奴、喬氏和宗二娘，都是節婦烈女，她們都背負著貞節的沉重枷鎖，與「三言」中王三巧、莘瑤琴、杜十娘、玉堂春等人，完全是不同類型的女子。

《石點頭》的敘事，較之《型世言》要略高一籌。卷三〈王本立天涯求父〉與《型世言》第九回是根據正德年間王原尋父的

第四章 《型世言》及其他

真實事件寫成[11]，《型世言》寫王原之父避役棄妻兒逃亡之經歷用了主要篇幅，寫王原尋父則比較簡略，田橫島感夢一節是史籍詳載的，故而也成為敘述的一個重點。《石點頭》敘述的重點移到王原尋父，詳細地描述了王原尋父十二年的艱難旅程。父子分離十五六年，父子關係何以為證？《型世言》寫是憑父親曾穿過的布袍和母親的布裙，《石點頭》是寫依據父親的相貌：左顴有痣，大如黑豆，上有毫毛；左手小指，曲折不伸。這個細節的處理，《石點頭》優於《型世言》。

第三節　《西湖二集》

《西湖二集》三十四卷，每卷一篇小說。作者周楫，字清源，明末杭州人，生卒年不詳。湖海士《西湖二集序》稱他「曠世逸才，胸懷慷慨」，然「懷才不遇，蹭蹬厄窮」。談遷《北遊錄·紀郵》順治十一年（西元一六五四年）七月壬辰條記：「觀西河堰書肆，值杭人周清源，云虞德園先生門人也，嘗撰西湖小說。噫，施耐庵豈足法哉。」虞德園，名淳熙，字長孺，號德園，杭州人，萬曆十一年（西元一五八三年）進士，卒於天啟元年（西元一六二一年）。周清源是虞德園的門人，則當生於萬曆中葉，至清順治十一年（西元一六五四年）仍在世。本書題《西湖二集》，當有「一集」在前。卷十七〈劉伯溫薦賢平浙中〉有云：

11　王原尋父見《明史》第二十五冊，卷二九七，中華書局 1974 年版，第 7604、7605 頁。《西湖二集》卷三十一〈忠孝萃一門〉入話亦敘此事。

第三節　《西湖二集》

「先年《西湖一集》中〈占慶云劉誠意佐命〉大概已曾說過,如今這一回補前說未盡之事。」足見「一集」確曾存在過,惜今渺無蹤跡。

周清源編撰「西湖」一、二集,以地域空間為限度,搜羅歷朝與西湖有關的故事匯成話本小說專集,顯然受到田汝成《西湖遊覽志》、《西湖遊覽志餘》的影響,使得小說塗上了一定的地方誌色彩。全書三十四種小說的題材多來源於田氏二志,以及沈國元《皇明從信錄》、陶宗儀《南村輟耕錄》、瞿佑《剪燈新話》、馮夢龍《情史》等書。周清源曾說,可甘於貧窮,卻不可甘於「司命之厄我過甚,而狐鼠之侮我無端」[12],於是遊戲翰墨,做部小說,借他人之酒杯,澆自己之塊壘。由是,垂教訓,泄悲憤,成為《西湖二集》的主要特點。

周清源雖然滿腹懷才不遇的牢騷,但好頌帝德,特別對於明朝皇帝更是稱頌有加。卷一

〈吳越王再世索江山〉正話是講吳越王錢鏐轉世為南宋高宗趙構的故事,入話卻把明太祖朱元璋吹捧成三代以來得天下之正的皇帝,漢高祖劉邦提三尺之劍奪得天下,也要略輸一籌。離題甚遠,亦不惜饒費筆墨。對於發動「靖難」篡位的明成祖朱棣,稱頌他是「北方玄武真君下降」,所以十戰九贏,又將平庸的成化帝朱見深說成「是個聖主」(卷十八〈商文毅決勝擒

12　湖海士:《西湖二集序》。

滿四〉）。諸如此類的諛辭甚多，這在明末話本小說中是不多見
的，亦是周清源之庸俗的一面。

　　《石點頭》熱衷於表彰孝子烈婦，《西湖二集》的興趣則是
在描寫忠臣、能臣。卷十七〈劉伯溫薦賢平浙中〉的劉伯溫，卷
十八〈商文毅決勝擒滿四〉的商輅，卷二十九〈祖統制顯靈救駕〉
的祖真夫，卷三十一〈忠孝萃一門〉的王禕、吳雲，卷三十三
〈周城隍辯冤斷案〉的周新，卷三十四〈胡少保平倭戰功〉的胡
宗憲，作者描寫這些忠臣、能臣主要是因為當時政治腐敗，一
竅不通之徒得功名做大官，搜刮民脂民膏，忠臣、能臣成為稀
缺之物。卷二十〈巧妓佐夫成名〉中的西湖妓女曹妙哥對此有一
番宏論，說「一竅不通之人，盡都僥倖中了舉人、進士而去，
享榮華，受富貴；實有大通文理之人……自恃有才，不肯屈志
於人，好高使氣，不肯去營求鑽刺，反受饑寒寂寞之苦，到底
不能成其一官」。又說「如今世上戴紗帽的人分外要錢，若像當
日包龍圖這樣的官，料得沒有」。曹妙哥調教她的情人，一個爛
不濟的秀才，潑撒銀子，買名刻集，交通關節，便撈了一個黃
榜進士在手。曹妙哥與〈李娃傳〉的李娃、〈玉堂春落難逢夫〉
的玉堂春一樣，都是助夫成名的妓女，但曹妙哥助的是一個不
學無文的爛秀才，走的不是勸其苦讀，而是花錢鑽營的路子。
小說寫的是南宋故事，表現的卻是明末的社會現實。像曹妙哥

這樣的時事評論，在《西湖二集》多有所見，其怨憤之情，躍然紙上。

　　小說貴在刻劃人物形象，寫特定環境中的人，揭露人真實而複雜的靈魂。《西湖二集》也並非沒有寫人，但它偏重於寫大事，並且好發議論。在這點上，與「三言」、「二拍」差異顯著，就是與愛寫時事的《型世言》相比，也有過之而無不及。比如成化四年（西元一四六八年）平定滿四叛亂之役，《型世言》第十七回〈逃陰山運智南遷，破石城抒忠靖賊〉以項忠為主角是符合事實的，這樣處理較能真實地描述這場戰役。《西湖二集》卷十八〈商文毅決勝擒滿四〉卻以商輅為主角，商輅當時在朝廷，不過是支持了前線項忠的指揮謀略而已。事實上，這篇作品幾乎為商輅的傳記，「決勝擒滿四」只是傳記的一個段落。就「擒滿四」而言，不及《型世言》寫得豐滿。又如嘉靖三十五年（西元一五五六年）剿平海盜徐海之役，《型世言》第七回〈胡總制巧用華棣卿，王翠翹死報徐明山〉著重刻劃的是王翠翹，《西湖二集》卷三十四〈胡少保平倭戰功〉主要寫胡宗憲，近於歷史傳記。

　　周清源博物洽聞，在《西湖二集》的敘述中引用典故得心應手，信筆揮灑，不免也有離題之嫌，其文人氣甚為濃厚。

第四章　《型世言》及其他

第四節　《歡喜冤家》及其他

敘述市井男女風月故事，與《型世言》、《石點頭》、《西湖二集》旨趣和風格顯為不同的是《歡喜冤家》，全書二十四回，每回一種小說。卷首〈序〉署「西湖漁隱」，乃為作者自序。「西湖漁隱」的真實姓名，學界猜測不一，或謂訂正山水鄰刻本《四大癡傳奇》之高一葦，或謂戲曲〈異夢記〉的作者王元壽，可備以待考[13]。本書第九回〈乖二官騙落美人局〉的故事標時為天啟，自序稱「庚辰春王遇閏，瑞雪連朝，慷當以慨，感有餘情……演說二十四回以紀一併節序，名曰《歡喜冤家》」。庚辰春王遇閏，為崇禎十三年（西元一六四〇年），由此可推斷《歡喜冤家》成書於此年。

「歡喜」與「冤家」似相矛盾，作者在〈自序〉解釋說：「人情以一字適合，片語投機，誼成刎頸，盟結金蘭。一日三秋，恨相見之晚；倏時九轉，識愛戀之新。甚至契協情孚，形於寤寐。歡喜無量，復何說哉。一旦情溢意滿，猜忌旋生。和藹頓消，怨氣突起。棄擲前情，釀成積憤。逞兇烈性，遇煽而狂焰如飆。蓄毒虺心，恣意而冤成若霧。使受者不堪，而報者更甚。況積憾一發，決若川流，洶湧而不能遏也。張陳凶終，蕭朱隙末，豈非冤乎？非歡喜不成冤家，非冤家不成歡喜。」書中

13　詳見陳慶浩〈歡喜冤家出版說明〉。《思無邪匯寶》，臺灣大英百科股份有限公司、巨英國際股份有限公司 2000 年版。

第四節　《歡喜冤家》及其他

由「歡喜」轉而成「冤家」的莫過於第三回〈李月仙割愛救親夫〉和第八回〈鐵念三激怒誅淫婦〉。前者李月仙的丈夫出外經商，與養弟章必英通姦，必英為占有月仙，先是推月仙丈夫入水，殺人未遂，後又誣陷其丈夫入獄，果然娶得月仙到手，婚後月仙獲知真情，斷然割愛，告發必英使之沉入獄底。後者，鐵念三與夥伴之妻香娘勾搭成奸，兩情相悅，香娘欲轉嫁念三，擬毒死丈夫遂願，念三認為香娘對丈夫薄情寡義，一刀將她殺死，「歡喜」頃刻變成「冤家」。這兩個婚外情的故事，都強調了夫妻恩義高於情人之愛。這兩篇作品完全符合作者〈自序〉所宣示的題旨。

但《歡喜冤家》二十四篇小說中的大部分作品只是寫市井男女逾垣情偷以及由此引發的恩怨情仇。如第一回〈花二娘巧智認情郎〉入話詩所云：「世事從來不自由，千般恩愛一時仇。情人誰肯因情死，先結冤家後聚頭。」篇中的香偷玉竊者，花二娘與任三官逃脫一場兇殺，各自收起情愛回歸自己的家庭，而遭殺死者竟是圖謀害死這對情人的惡棍。詩中說的「千般恩愛一時仇」的「仇」不是兩個情人之仇。花二娘的丈夫因仇要手刃姦夫淫婦；惡棍李二因勾搭花二娘不成，由愛轉恨，遂設計假手殺掉這對情人，不料自食其果，被花二娘丈夫當成姦夫殺死。第七回〈陳之美巧計騙多嬌〉寫富商陳之美為奪占潘璘之妻猶氏，竟將潘璘溺死，猶氏改嫁陳之美十八年後得知前夫死情，

第四章 《型世言》及其他

雖與陳之美仍有魚水之歡，恩非不深，但仍上告法庭，將其明正典刑。猶氏與陳之美在婚前沒有私情，又與第三回的李月仙有所不同。

《歡喜冤家》通常以天道報應警戒色不可犯，但往往津津樂道於男女性愛，其描寫已近於明末流行的豔情小說。全書講述的皆是市井發生的故事，故事情節既涉風月，又曲折跌宕、出人意料，頗得市人青睞。版行之後，被各地書商不斷翻刻，改名《歡喜奇觀》、《貪歡報》、《豔鏡》、《三續今古奇觀》等，有些作品則被抄改以別的名目刊行，如《兩肉緣》、《換夫妻》、《風流和尚》、《巧緣豔史》、《豔婚野史》等。

《歡喜冤家》基本上沒有入話，僅以入話詩綴於篇首，話本小說體制有所變化。而體制變化更大的是《鼓掌絕塵》，該書四集四十回，集以「風、花、雪、月」題名，每集十回為一篇獨立的小說。四種作品在篇幅上已可視為中篇小說，突破了話本小說的短篇體制。

《鼓掌絕塵》作者署「古吳金木散人」，卷首序有「茲吳君纂其篇」之句，可知作者姓吳。生平不詳。〈鼓掌絕塵題辭〉署時「崇禎辛未之元旦」，則此書當成於崇禎四年（西元一六三一年）。

風集（第一至第十回）敘書生梅萼（杜開先）與相國歌姬韓玉姿偷情私奔，相國竟割愛成就二人美事。花集（第十一至第二十回）敘「哈哈公子」尚義疏財，邊關建功加官的故事。雪

集（第二十一至第三十回）敘書生文荊卿與佳人李若蘭的婚戀故事。月集（第三十一至第四十回）敘敗家的張秀遊蕩江湖，做了驛丞，救了被劫的楊太守，自己卻死於強盜刀下，楊太守眼見當下為官的尸位素餐，苟圖富貴，遂棄官為僧。《鼓掌絕塵》敘事冗遝，故事亦無特色，刊行後影響不大。

　　以「風花雪月」做集名的還有《宜春香質》四集二十回，作者署「醉西湖心月主人」，真實姓名不詳。成書在崇禎末年。此書體例與《鼓掌絕塵》略同，每集五回為一種小說，皆以男性同性戀為題材。作者另一種話本小說《弁而釵》亦寫同性戀。兩書反映了明代後期同性戀的世風，其趣味卻甚低俗。清劉廷璣《在園雜誌》稱之為豔情小說中之「更甚而下者」[14]。

　　馮夢龍編纂「三言」，使話本小說這種文體達到成熟的境界，他熟悉、理解和尊重通俗文學，在提升話本小說品位的同時，亦保存通俗文學的精神。次後的「二拍」、《型世言》、《石點頭》、《西湖二集》等則雅化有餘，說教成分漸濃，這種趨勢入清後更為顯著。

14　劉廷璣：《在園雜誌》卷二，中華書局 2005 年版，第 85 頁。

第四章 《型世言》及其他

參考文獻

楊伯峻（1990）。《春秋左傳注》。北京：中華。

[漢] 司馬遷（1975）。《史記》。北京：中華。

[漢] 班固著 [唐] 顏師古注（1962）。《漢書》。北京：中華。

[南朝宋] 范曄撰 [唐] 李賢等注（1965）。《後漢書》。北京：中華。

[晉] 陳壽（1959）。《三國志》。北京：中華。

[後晉] 劉昫等撰（1975）。《舊唐書》。北京：中華。

[宋] 歐陽脩（1975）。《新唐書》。北京：中華。

[宋] 司馬光（1956）。《資治通鑒》。北京：中華。

吉林出版編（2005）。《御批通鑒綱目》。吉林：吉林出版

汪聖澤（1977）。《宋史》。北京：中華。

[明] 宋濂（1976）。《元史》。北京：中華。

[清] 張廷玉（1974）。《明史》。北京：中華。

[清] 吳乘權等輯，施意周點校（2009）。《綱鑒易知錄》。北京：中華。

[清] 趙爾巽等撰（1977）。《清史稿》。北京：中華。

王鍾翰（1983）。《清史列傳》。北京：中華。

中華書局編（1986）。《清實錄》。北京：中華。

[清] 阮元校刻（1980）。《十三經注疏》。北京：中華。

聞人軍（1986）。《諸子集成》。上海：上海古籍。

[唐] 杜佑（1988）。《通典》。北京：中華。

[宋] 馬端臨（1986）。《文獻通考》。北京：中華。

1965 年。《四庫全書總目》。北京：中華。

[南朝梁] 蕭統（1986）。《文選》。上海：上海古籍。

陳鼓應注譯（1983）。《莊子今注今譯》。北京：中華。

陳鼓應編著（1984）。《老子注譯及評介》。北京：中華。

余嘉錫（1980）。《四庫提要辨證》。北京：中華。

葉瑛校注（1994）。《文史通義校注》。北京：中華。

季羨林校注（2000）。《大唐西域記校注》。北京：中華。

文獻

[清] 浦起龍通釋（1978）。《史通通釋》。上海：上海古籍。

[清] 趙翼著，王樹民校證（1984）。《廿二史劄記》，北京：中華。

[宋] 蘇軾（1981）。《東坡志林》。北京：中華。

伊永文（2006）。《東京夢華錄箋注》。北京：中華。

[宋] 孟元老（1998）。《東京夢華錄》（外四種），北京：文化藝術。

[元] 陶宗儀（1959）。《南村輟耕錄》。北京：中華。

[南宋] 周密（1988）。《癸辛雜識》。北京：中華。

[唐] 徐堅（2004）。《初學記》。北京：中華。

[明] 謝肇淛（2001）。《五雜組》。上海：上海書店。

[明] 胡應麟（2001）。《少室山房筆叢》。上海：上海書店。

[明] 王守仁（1992）。《王陽明全集》。上海：上海古籍。

王明編（1960）。《太平經合校》。北京：中華。

[明] 陸容（1985）。《菽園雜記》。北京：中華。

[明] 葉盛（1980）。《水東日記》。北京：中華。

[明] 郎瑛（1988）。《七修類稿》。北京：文化藝術。

[明] 鄧士龍（1993）。《國朝典故》。北京：北京大學。

[明] 陸粲撰，譚棣華、陳稼禾點校（1987）。《庚巳編客座贅語》。北京：中華。

[明] 李詡（1982）。《戒庵老人漫筆》。北京：中華。

[明]熊過(1997)。《南沙先生文集》。《四庫全書存目叢書‧集部》第91冊，山東：齊魯。

[明] 陳洪謨（1985）。《治世餘聞繼世紀聞》。北京：中華。

[明] 沈德符（1959）。《萬曆野獲編》。北京：中華。

[明] 余繼登（1981）。《典故紀聞》。北京：中華。

[明] 田汝成（1980）。《西湖遊覽志》。浙江：浙江人民。

[明] 田汝成（1980）。《西湖遊覽志餘》。浙江：浙江人民。

[明] 何心隱（1981）。《何心隱集》。北京：中華。

楊正泰校注（1992）。《天下水陸路程（三種）》。山西：山西人民。

[明] 王錡（1984）。《寓圃雜記》。北京：中華。

[明] 宋懋澄（1984）。《九籥集》。北京：中國社會科學。

[明] 李清（1982）。《三垣筆記》。北京：中華。

[明] 鄭曉（1984）。《今言》。北京：中華。

[南宋] 洪邁（1994）。《容齋隨筆》。吉林：吉林文史。

[明] 劉若愚（1982）。《明宮史》。北京：北京古籍。

[清] 錢謙益（1982）。《國初群雄事略》。北京：中華。

[明] 王應奎（1983）。《柳南隨筆》。北京：中華。

[明] 湯顯祖（1982）。《湯顯祖詩文集》。上海：上海古籍。

[清] 王士禎（1982）。《池北偶談》。北京：中華。

[清] 王定安（1995）。《求闕齋弟子記》。上海：上海古籍。

[清] 陳田（1993）。《明詩紀事》。上海：上海古籍。

[清] 錢大昕（1997）。《嘉定錢大昕全集》。江蘇：江蘇古籍。

[清] 劉廷璣（2005）。《在園雜誌》。北京：中華。

[清] 劉獻廷（1957）。《廣陽雜記》。北京：中華。

[明] 姚士麟（1985）。《見只編》。《叢書集成初編》。北京：中華。

[明] 李贄（1975）。《焚書》。北京：中華。

[清] 徐鼒（1957）。《小腆紀年附考》。北京：中華。

[清] 俞樾（1995）。《茶香室叢鈔》。北京：中華。

[清] 琴川居士編（1967）。《皇清奏議》。新北：文海。

[清] 余治（1969）。《得一錄》。新竹：華文。

[清] 張宜泉（1984）。《春柳堂詩稿》。上海：上海古籍。

[清] 丁日昌（1969）。《撫吳公牘》。新竹：華文。

鄧之誠（1996）。《骨董瑣記全編》。北京：北京出版社。

朱駿聲（1958）。《六十四卦經解》。北京：中華。

李慈銘（2001）。《越縵堂讀書記》。遼寧：遼寧教育。

上海書店出版社編（2007）。《清代文字獄檔》。上海：上海書店。

[清] 爱新覺羅敦敏（1984）。《懋齋詩鈔・四松堂集》。上海：上海古籍。

[清] 繆荃孫（2014）。《繆荃孫全集》。江蘇：鳳凰。

汪維輝編（2005）。《朝鮮時代漢語教科書叢刊》。北京：中華。

[清] 董康（1988）。《書舶庸譚》。遼寧：遼寧教育。

浙江古籍出版社輯（1992）。《李漁全集》。浙江：浙江古籍。

文獻

[清] 丁耀亢（1999）。《丁耀亢全集》。河南：中州古籍。

盛偉編（1998）。《蒲松齡全集》。上海：學林。

孫漱石（1997）。《退醒廬筆記》。上海：上海書店。

[清] 梁啟超（1989）。《飲冰室合集》。北京：中華。

陶湘編（2000）。《書目叢刊》。遼寧：遼寧教育。

吳熙釗、鄧中好校（1985）。《康南海先生口說》。廣東：中山大學。

中國社科院近代史所等編（1981）。《孫中山全集》。北京：中華。

包天笑（1971）。《釧影樓回憶錄》。香港：大華。

[清] 顧炎武（1994）。《日知錄集釋》。湖南：岳麓書社。

[漢] 許慎（1963）。《說文解字》。北京：中華。

上海古籍出版社編（1986）。《全唐詩》。上海：上海古籍。

周振甫（1981）。《文心雕龍注釋》。北京：人民文學。

[明] 高儒（2005）。《百川書志》。上海：上海古籍。

王重民等編（1957）。《敦煌變文集》。北京：人民文學。

王重民（1983）。《中國善本書提要》。上海：上海古籍。

葉德輝（1988）。《書林清話》。遼寧：遼寧教育。

[清] 梁啟超（1985）。《中國近三百年學術史》。北京：北京中國書店。

湯用彤（1983）。《漢魏兩晉南北朝佛教史》。北京：中華。

程千帆（1980）。《唐代進士行卷與文學》。上海：上海古籍。

傅璇琮（1986）。《唐代科舉與文學》。陝西：陝西人民。

陳垣（2001）。《中國佛教史籍概論》。上海：上海世紀。

錢鍾書（1979）。《管錐編》。北京：中華。

錢存訓（2004）。《中國紙和印刷文化史》。廣西：廣西師範大學。

張秀民（1989）。《中國印刷史》。上海：上海人民。

雷夢辰（1989）。《清代各省禁書匯考》。北京：北京圖書館。

陳寅恪（1980）。《柳如是別傳》。上海：上海古籍。

余英時（1987）。《士與中國文化》。上海人民出版社。

戈公振（2003）。《中國報學史》。上海：上海古籍。

長澤規矩也（1952）。《和漢書的印刷及其歷史》。日本：吉川弘文館。

馬祖毅（1999）。《中國翻譯史》。湖北：湖北教育。

吳世昌（1984）。《羅音室學術論著》。北京：中國文聯。

陳耀東（1990）。《唐代文史考辨錄》。北京：團結。

謝國楨（2004）。《明清之際黨社運動考》。上海：上海書店。

蕭一山（1986）。《清代通史》。北京：中華。

中國人民大學清史研究所編（2000）。《清史編年》。北京：中國人民大學。

［清］蟲天子（1992）。《香豔叢書》。北京：人民文學。

周越然（1996）。《書與回憶》。遼寧：遼寧教育。

鄭光主編（2000）。《元刊〈老乞大〉研究》。北京：外語教學與研究。

陳平原、夏曉虹編（1997）。《二十世紀中國小說理論資料》。北京：北京大學。

W・C・布思（John Wilkes Booth）著，付禮軍譯（1987）。《小說修辭學》。北京：北京大學。

大衛・利明、愛德溫・貝爾德（1990）。《神話學》（李培茱等譯），上海：上海人民。

［英］盧伯克（1990）。《小說美學經典三種》。上海：上海文藝。

愛克曼輯錄，朱光潛譯（1978）。《歌德談話錄》。北京：人民文學。

丁錫根編（1996）。《中國歷代小說序跋集》。北京：人民文學。

舒蕪等編（1981）。《中國近代文論選》。北京：人民文學。

侯忠義編（1985）。《中國文言小說參考資料》。北京：北京大學。

中國戲曲研究院編（1959）。《中國古典戲曲論著集成》。北京：中國戲劇。

大連圖書館參考部編（1983）。《明清小說序跋選》。遼寧：春風文藝。

孫楷第（1982）。《中國通俗小說書目》。北京：人民文學。

孫楷第（1958）。《日本東京所見小說書目》。北京：人民文學。

樽本照雄（1997）。《清末民初小說目錄》。日本：清末小說研究會。

石昌渝主編（2004）。《中國古代小說總目》。山西：山西教育。

李劍國（1993）。《唐五代志怪傳奇敘錄》。天津：南開大學。

李劍國（1997）。《宋代志怪傳奇敘錄》。天津：南開大學。

朱一玄、劉毓忱編（1983）。《三國演義資料彙編》。百花文藝出版社。

馬蹄疾編（1980）。《水滸資料彙編》。北京：中華。

劉蔭柏編（1990）。《西遊記研究資料》。上海：上海古籍。

文獻

黃霖編（1987）。《金瓶梅資料彙編》。北京：中華。

李漢秋編（1984）。《儒林外史研究資料》。上海：上海古籍。

欒星編（1982）。《歧路燈研究資料》。河南：中州書畫。

一粟編（1963）。《紅樓夢卷》（古典文學研究資料彙編），北京：中華。

北京故宮博物院明清檔案部編（1975）。《關於江寧織造曹家檔案史料》。北京：中華。

一粟編（1963）。《紅樓夢書錄》。北京：中華。

魏紹昌編（1980）。《李伯元研究資料》。上海：上海古籍。

魏紹昌編（1982）。《孽海花資料》。上海：上海古籍。

蔣瑞藻編（1984）。《小說考證》。上海：上海古籍。

孔另境編（1982）。《中國小說史料》。上海：上海古籍。

1994 年。《傳奇匯考》。北京：書目文獻。

莊一拂（1982）。《古典戲曲存目匯考》。上海：上海古籍。

馮其庸、李希凡主編（2010）。《紅樓夢大辭典》（修訂本），北京：文化藝術。

王利器輯錄（1981）。《元明清三代禁毀小說戲曲史料》。上海：上海古籍。

譚正璧（1980）。《三言兩拍資料》。上海：上海古籍。

［宋］李昉等編（1961）。《太平廣記》。北京：中華。

［元］陶宗儀（1986）。《說郛》。北京：北京中國書店。

魯迅輯（1997）。《古小說鉤沉》。山東：齊魯。

李時人編校（2014）。《全唐五代小說》。北京：中華。

［元］陶宗儀（1988）。《說郛三種》。上海：上海古籍。

李劍國輯校（2001）。《宋代傳奇集》。北京：中華。

程毅中編（1995）。《古體小說鈔‧宋元卷》。北京：中華。

喬光輝校注（2010）。《瞿佑全集校注》。浙江：浙江古籍。

［南宋］洪邁（1981）。《夷堅志》。北京：中華。

［明］臧懋循編（1989）。《元曲選》。北京：中華。

隋樹森（1959）。《元曲選外編》。北京：中華。

北京圖書館出版社著（1998）。《日本藏元刊本古今雜劇三十種》。北京：北京圖書館。

李佑成、林熒澤編譯（1997）《李朝漢文短篇集》。韓國：一潮閣。

周欣平主編（2011）。《清末時新小說集》。上海：上海古籍。

吳組緗主編（1991）。《中國近代文學大系・小說集》。上海：上海書店。

劉世德、陳慶浩、石昌渝主編（1991）。《古本小說叢刊》。北京：中華。

《古本小說集成》編輯委員會著（1994）。《古本小說集成》。上海：上海古籍。

陳慶浩、王秋桂主編（2000）。《思無邪匯寶》。臺北：大英百科。

魯迅（1975）。《中國小說史略》。北京：人民文學。

胡適（1988）。《胡適古典文學研究論集》。上海：上海古籍。

胡適（1988）。《胡適紅樓夢研究論述全編》。上海：上海古籍。

鄭振鐸（1984）。《鄭振鐸古典文學論文集》。上海：上海古籍。

魯迅（1979）。《魯迅論中國古典文學》。福建：福建人民。

孫楷第（2009）。《滄州集》。北京：中華。

孫楷第（2009）。《滄州後集》。北京：中華。

趙景深（1980）。《中國小說叢考》。山東：齊魯。

袁珂（1982）。《神話論文集》。上海：上海古籍。

譚正璧（1956）。《話本與古劇》。上海：上海古典文學。

戴望舒（1958）。《小說戲曲論集》。北京：作家。

聞一多（2009）。《神話與詩》。武漢：武漢大學。

胡士瑩（1980）。《話本小說概論》。北京：中華。

周紹良（1984）。《紹良叢稿》。山東：齊魯。

阿英（1985）。《小說閒談四種》。上海：上海古籍。

阿英（1980）。《晚清小說史》。北京：人民文學。

[清] 王國維（1944）。《宋元戲曲史》。上海：商務印書館。

吳曉鈴（2006）。《吳曉鈴集》。河北：河北教育。

周汝昌（1976）。《紅樓夢新證》。北京：人民文學。

戴不凡（1980）。《小說見聞錄》。浙江：浙江人民。

馬幼垣（1980），。《中國小說史集稿》。臺北：時報。

許政揚（1984）。《許政揚文存》。北京：中華。

葉德均（1979）。《戲曲小說叢考》。北京：中華。

文獻

馬幼垣（1992）。《水滸論衡》。新北：聯經出版。

周貽白（1986）。《周貽白小說戲曲論集》。山東：齊魯。

韓南著，尹慧瑉譯（1989）。《中國白話小說史》，浙江：浙江古籍。

王秋桂等譯（2008）。《韓南中國小說論集》。北京：北京大學。

李劍國（1984）。《唐前志怪小說史》。天津：南開大學。

李劍國、陳洪主編（2007）。《中國小說通史》。北京：高等教育。

李豐楙（1996）。《誤入與謫降》。臺北：學生書局。

徐志平（1988）。《清初前期話本小說之研究》。臺北：學生書局。

陳益源（1997）。《元明中篇傳奇小說研究》。香港：學峰文化。

黃仁宇（2001）。《十六世紀明代中國之財政與稅收》。香港：三聯。

吳晗（1956）。《讀史劄記》。香港：三聯。

鄧廣銘（2007）。《岳飛傳》。香港：三聯。

徐復嶺（1993）。《醒世姻緣傳作者和語言考論》。山東：齊魯。

周建渝（1988）。《才子佳人小說研究》。臺北：文史哲。

胡萬川（1994）。《話本與才子佳人小說之研究》。臺北：大安。

韋鳳娟（2014）。《靈光澈照》。河北：河北教育。

王瓊玲（2005）。《夏敬渠與野叟曝言考論》。臺北：學生書局。

路大荒（1980）。《蒲松齡年譜》。山東：齊魯。

陳美林（1984）。《吳敬梓研究》。上海：上海古籍。

時蔭（1982）。《曾樸研究》。上海：上海古籍。

陳大康（2014）。《中國近代小說編年史》。北京：人民文學。

梅節（2008）。《瓶梅閒筆硯》。北京：北京圖書館。

陳益源（2003）。《王翠翹故事研究》。北京：西苑。

張愛玲（2012）。《紅樓夢魘》。北京：北京十月文藝。

鄭明娳（2003）。《西遊記探源》。臺北：里仁書局。

磯部彰（1993）。《西遊記形成史研究》。日本：創文社。

王三慶（1981）。《紅樓夢版本研究》。臺北：石門圖書公司。

陳平原（1997）。《陳平原小說史論集》。河北：河北人民。

胡從經（1988）。《中國小說史學史長編》。上海：上海文藝。

林明德編（1988）。《晚清小說研究》。新北：聯經出版。

後記

　　寫完最後一節，長長吁了一口氣。終於到達了終點。

　　想要做這個課題很久了，但遲遲未能完成。並非不用功，提筆方知讀書少，若東拼西湊草率成篇，就有違當年的初心，故不能不潛入文獻浩瀚海洋，同時對小說發展進程中許多問題進行反覆思考，完成的日子就這樣延宕。這是我深感愧疚的。其間研究《清史》。花去了五年時間，當然，在研究〈典志·小說篇〉，對於撰寫小說史清代部分大有助益，但畢竟使小說史的寫作中斷。隨著時間推移，更加覺得重要的歷史應該被看見，這樣的信念使我不能不竭盡全力，完成了這部書。

　　且不論這部書品質如何，但我必須感謝許多學界友人對我的幫助，也令我難以忘懷。在日本訪學期間，磯部彰教授不辭辛苦和繁難，幫我聯繫並陪我到宮城縣圖書館、內閣文庫、尊經閣文庫、東京大學圖書館及東京大學東洋文化研究所圖書館等日本著名的各公私圖書館查閱文獻資料。在東京和京都的訪書，還得到大塚秀高教授和金文京教授的大力協助。在荷蘭萊頓大學訪學時，承蒙漢學院圖書館館長吳榮子女士特許，利用高羅佩特藏室，此時已在哈佛大學執教的原漢學院院長伊維德（Wilt L.Idema）教授從美國回來，在高羅佩特藏室與我討論小說版本與《水滸傳》成書年代問題，使我受益良多。

後記

　　書稿中引用前輩和時賢的研究成果頗多，有的已加注標明，也有未盡注明者，他們的成果都是我今天賴以向上攀登的基石，在此，謹向他們表示崇高的敬意。

國家圖書館出版品預行編目資料

宋元明傳奇的走向：從《剪燈新話》到《歡喜
冤家》，從愛情婚姻的悲劇結局到市井男女的恩
怨情仇 / 石昌渝著 . -- 第一版 . -- 臺北市：崧燁
文化事業有限公司 , 2022.05
　　面；　　公分
POD 版
ISBN 978-626-332-346-9(平裝)
1.CST: 古典小說 2.CST: 中國文學史
820.97　　111006117

電子書購買

臉書

宋元明傳奇的走向：從《剪燈新話》到《歡喜冤家》，從愛情婚姻的悲劇結局到市井男女的恩怨情仇

作　　　者：石昌渝

封面設計：康學恩

發 行 人：黃振庭

出　版　者：崧燁文化事業有限公司

發　行　者：崧燁文化事業有限公司

E - m a i l：sonbookservice@gmail.com

粉 絲 頁：https://www.facebook.com/sonbookss/

網　　　址：https://sonbook.net/

地　　　址：台北市中正區重慶南路一段六十一號八樓 815 室

Rm. 815, 8F., No.61, Sec. 1, Chongqing S. Rd., Zhongzheng Dist., Taipei City 100, Taiwan

電　　　話：(02) 2370-3310　　傳　　真：(02) 2388-1990

印　　　刷：京峯彩色印刷有限公司（京峰數位）

律師顧問：廣華律師事務所 張珮琦律師

── 版權聲明 ──

本書版權為山西教育出版社所有授權崧博出版事業有限公司獨家發行電子書及繁體
書繁體字版。若有其他相關權利及授權需求請與本公司聯繫。

定　　　價：299 元

發行日期：2022 年 05 月第一版

◎本書以 POD 印製

習，我們才可能取得通往大作家的捷徑。當然要報以低姿態，要向對待長輩一樣相待。這樣他們才會樂於和我們交流，使我們早一日達成所願。

電子書購買

國家圖書館出版品預行編目資料

那樣就想成為作家？只怕你會先餓死！你寫的
東西為什麼沒人看？如何讓自己靈感大爆發？
成為作家前須了解的 84 件事
　/ 周成功，韓立儀著 . -- 第一版 . -- 臺北市：崧
燁文化事業有限公司 , 2022.09
　　面；　公分
POD 版
ISBN 978-626-332-671-2(平裝)
1.CST: 職業介紹 2.CST: 作家
542.76　　111012888

那樣就想成為作家？只怕你會先餓死！你寫的東西為什麼沒人看？如何讓自己靈感大爆發？成為作家前須了解的 84 件事

臉書

作　　　者：周成功，韓立儀
發 行 人：黃振庭
出 版 者：崧燁文化事業有限公司
發 行 者：崧燁文化事業有限公司
E - m a i l：sonbookservice@gmail.com
粉 絲 頁：https://www.facebook.com/sonbookss/
網　　　址：https://sonbook.net/
地　　　址：台北市中正區重慶南路一段六十一號八樓 815 室
Rm. 815, 8F., No.61, Sec. 1, Chongqing S. Rd., Zhongzheng Dist., Taipei City 100,
Taiwan
電　　　話：(02) 2370-3310　　　傳　　真：(02) 2388-1990
印　　　刷：京峯彩色印刷有限公司（京峰數位）
律師顧問：廣華律師事務所 張珮琦律師

定　　　價：320 元
發行日期：2022 年 09 月第一版
◎本書以 POD 印製